DO IT FOR LOVE,
DO IT BEST

蒋光宇——著　高庆——摄

把一件事做到极致
胜过把万件事
做得平庸

辽宁人民出版社

图书在版编目（CIP）数据

把一件事做到极致，胜过把万件事做得平庸 / 蒋光宇著；高庆摄. —沈阳：辽宁人民出版社，2023.1
ISBN 978-7-205-10365-1

Ⅰ.①把… Ⅱ.①蒋… ②高… Ⅲ.①随笔—作品集—中国—当代 Ⅳ.①I267.1

中国版本图书馆 CIP 数据核字（2021）第 258585 号

出版发行：辽宁人民出版社
　　　　　地址：沈阳市和平区十一纬路 25 号　邮编：110003
　　　　　电话：024-23284321（邮　购）　024-23284324（发行部）
　　　　　传真：024-23284191（发行部）　024-23284304（办公室）
　　　　　http://www.lnpph.com.cn
印　　刷：辽宁新华印务有限公司
幅面尺寸：145mm×210mm
印　　张：5.5
插　　页：10
字　　数：135千字
出版时间：2023 年 1 月第 1 版
印刷时间：2023 年 1 月第 1 次印刷
责任编辑：阎伟萍　孙　雯
装帧设计：留白文化
责任校对：冯　莹
书　　号：ISBN 978-7-205-10365-1
定　　价：48.00元

序 | *PREFACE*

魏书生

　　熟悉光宇的人都认为：蒋光宇是一个真诚善良的、敬业乐业的人。他长期在辽宁省委办公厅工作，不管做普通公务员还是副厅级领导，他一以贯之真诚善良、敬业乐业。

　　光宇一辈子做的最主要的一件事就是用自己的一支笔，宣传真诚善良、敬业乐业。他不满足于本职工作中宣传真善美，他工作之余还笔耕不辍，写了大量宣传真诚善良、敬业乐业的文章，至 2018 年 7 月，他已出版 37 本文集，其中的《小故事大道理》（小学版和初中版）两本书，被共青团中央学校部、语文报社、中文在线联合举办的"我的中国梦"——全国中学生读书征文活动列为推荐书目；被上百种报刊发表、转载了较多的短文。他的 4 篇文章被选入小学、中学和中职的《语文》教材，1 篇文章被选入中学《道德与法制》教材。

　　光宇真诚善良、敬业乐业的言行与作品一直鼓舞着我，最近他的新书《你若把一件事做到极致，胜过把万件事做得平庸》将要出版，让我作序。我有幸先拜读了书稿，受益良多，促使我更深地思考人和一件事的关系。

　　一、整个人类世世代代其实只是在做一件事：追求没有骗子、没有恶人、没有行业歧视，人人平等、真诚善良、敬业乐业的共产主义。处天外遥望地球很小，从宏观的角度看，小小地球上恶人们宣传的"丛林法则，弱肉强食"、歧视压迫、战争对立，都是人类发展初期愚昧落后的产物。随着人类对宇宙、自然规律的认识的加深，人人平等，人人在自然需求的、自我喜欢的工作岗位上敬业乐业的共产主义必然到来。历史将会证明，这是不可阻挡的人间正道。

二、每个人有限的生命，其实也只能做一件事。居体内细察心域极宽，每个人都是一个宏大的世界，每个人的大脑都有一万多亿脑细胞，在脑科学理论上似乎都能成为多个领域的专家，成为具备上千种专业技能的工匠。而事实上，每个人生命长度只有生命科学理论上的125岁。"生也有涯，而知也无涯。"如果四面出击，只能一事无成。特别是随着科技的发展，各行各业分工越来越细，专业技能种类越来越多，几万、几十万、几百万种……许多专业技能都是一个宏大的世界，钻进去都有更广阔的发展空间，就更需要一个人一辈子静下心来，献身于某一种专业技能，不仅仅为了谋生，更是让自己的灵魂找到家园，找到生命快乐的源泉，敬业乐业。

三、人人可以把一件事做到极致。光宇在这本书中提出"把一件事做到极致"：第一要有目标，第二要专注，第三要从小事抓起，第四需要努力，第五需要坚持。我最喜欢的是光宇提出的第六："人人可以把一件事做到极致。""人永远没有时间把每一件事都做到极致，但有时间把最重要的事做到极致。"光宇说，"当你真想把一件事做到极致时，全世界都会给你让路。""奇迹就是把潜能发挥到极致。"光宇写了最基层、最草根、最普通的人把一件事做到极致的鲜活的经历，我们从这些普通人身上看到的是真诚善良，是敬业乐业，生命状态蓬勃旺盛，精神世界充满阳光！

心愿与期盼

　　这本书的短文，是从已发表的较多作品中精心挑选的，是送给读者朋友的礼物。

　　这本书的短文，难免有各种各样的不足与缺憾，但一定有呕心沥血的求索与锤炼。

　　它有一个特点：每篇都力求精短，均属于哲理散文。

　　它有两个主线：以写善良、正直、智慧为主线，能激励人走正路；以写做人、处事、成功为主线，能激励人打胜仗。

　　它有三个较强：有较强的故事性，可读；有较强的哲理性，可信；有较强的操作性，可用。

　　它有四个力争：力争有竞争力，至少能被多种报刊多次转载；力争有感染力，至少能像闪亮的萤火留下点点光明；力争有适应力，至少能让阅历浅的人看了不觉得深，能让阅历深的人看了不觉得浅；力争有生命力，至少能经得起岁月的考验，即使在多年后重读，也会有相见恨晚、老友重逢之感。

　　它不能代替你成熟，但能激励你成长。

　　它不能代替你食鱼，但能激励你捕鱼。

　　它不能代替你得到尊重，但能激励你善待他人。

　　它不能代替你选择朋友，但能激励你爱惜友谊。

　　它不能代替你多谋善断，但能激励你能方善圆。

它不能代替你肩挑道义，但能激励你一身正气。

它不能代替你达到目的，但能激励你脚踏实地。

它不能代替你赢得荣誉，但能激励你竭尽全力。

它不能代替你功成名就，但能激励你奋发进取。

它不能代替你出类拔萃，但能激励你超越自己。

它不能代替你爱不释手地阅读，但能激励你发掘善良、正直与智慧的珍宝。

它不能代替你深谋远虑地思考，但能激励你寻找做人、处事与成功的向导。

它不能代替你成为伟大超凡的圣人，但能激励你成为高尚幸福的好人。

希望这本书中的短文，能像成就人生的种子，在读者的心中生根、发芽、长叶、开花、结果。

这就是我的心愿，这就是我的期盼。

目　录 | CONTENTS

○○○
第三章　把一件事做到极致需要从小事做起

○○○
第四章　把一件事做到极致需要努力

把一件事做到极致，胜过把万件事做得平庸

既然整个人类世世代代其实也只是在做一件事，既然每个人有限的生命其实也只能做一件事，既然人人可以把一件事做到极致，那么让我们放下傲慢心、狂妄心、浮躁心、攀比心、贪嗔心，怀揣着一颗真诚善良心，敬业乐业，把平平淡淡的一件事做到极致，做得有滋有味，有声有色，如诗如画，如舞如歌吧！

　　以上三点是我读了光宇这本书最深的体会，抛出来只是一块砖，愿引出更多的玉。

　　愿光宇这本书引导千千万万普普通通的人"把一件事做到极致"，享受真诚善良，敬业乐业，脚踏实地过好人生每一天的快乐！

　　　　　　　　　　　　　　　　　二〇一八年十一月五日

○○○
第五章　把一件事做到极致需要坚持

第六章 人人可以把一件事做到极致

第一章

把一件事做到极致需要目标

———————————— ❀ ————————————

伟大的目标能产生伟大的动力，伟大的毅力，伟大的事业。

一个人追求的目标越实际、越远大，其才能也就发展得越快，对社会的贡献也就越多。

命运因目标而改变

美国加利福尼亚大学的学者做了下面这样一个实验。

把六只猴子分别放在三间空房子里，每间放两只，房子里分别摆放着一定数量的食物，但食物位置的高度不一样。

第一间房子里的食物就放在地上。

第二间房子里的食物悬挂在房顶。

第三间房子里的食物分别从低到高、从易到难悬挂在不同高度的适当位置上。

观察数日后，学者发现：

第一间房子里的两只猴子一死一伤。受伤的猴子缺了耳朵、断了腿，奄奄一息。

第二间房子里的两只猴子都死了。

第三间房子里的两只猴子都活得朝气蓬勃。

究其原因，学者认为：

第一间房子里的两只猴子一进房间就看到了地上的食物，于是，为了争夺唾手可得的食物而大动干戈，结果伤的伤，死的死。

第二间房子里的两只猴子虽然尽了最大的努力，但因食物太高，难度过大，竭尽全力也够不着，最后都活活被饿死了。

第三间房子里的两只猴子先是凭着各自的本能蹦跳取食；然后在房间跑对角线增加助跑距离跳跃取食；最后，随着悬挂食物高度的增加，难度的增大，两只猴子协作互助，一只猴子托着另一只猴子跳起来取食。这样，它们每天都能拿到够吃的食物，都很好地活了下来。

总而言之，这些猴子的不同命运，可以说是食物摆放位置不同的结果。

人当然不同于猴子，但是这个实验很有启示，特别是对管理者或领导者的启示更大。那每间房子里分别摆放的位置高度不同的食物，就好比管理者或领导者所设定的工作目标。

目标太低了，如同第一间房子里的食物，每个人不费力气都可以达成，体现不出能力与水平的差别，不仅识别不出庸才，选拔不出人才，而且成了滋生内耗、争斗甚至残杀的温床。其结果，无异于第一间房子里的两只猴子的命运。

目标太高了，如同第二间房子里的食物，可望而不可即，努力也是白费劲，不仅良莠不分，而且埋没、扼杀了人才。其结果，无异于第二间房子里的两只猴子的命运。

目标高低适度，如同第三间房子里的食物，能充分发挥出人的潜能和智慧，既竞争又合作，克服困难，共渡难关。其结果，相当于第三间房子里两只猴子的命运。

无论是对个人，还是对团体，制定合理、适度的目标，都是事关命运的大事。

成功的道路是目标铺出来的

心理学家曾经做过这样一个实验：

心理学家组织三组人，让他们分别向着 10 公里以外的三个村子进发。

第一组的人既不知道村庄的名字，又不知道路程有多远，只告诉他们跟着向导走就行了。刚走出两三公里，就开始有人叫苦；走到一半的时候，有人几乎愤怒了。他们抱怨为什么要走这么远，何时才能走到头，有人甚至坐在路边不愿走了。越往后走，他们的情绪也就越低落。

第二组的人知道村庄的名字和路程有多远，但路边没有里程碑，只能凭经验来估计行程的时间和距离。走到一半的时候，大多数人想知道已经走了多远。比较有经验的人说："大概走了一半的路程。"于是，大家又簇拥着继续向前走。当走到全程的四分之三的时候，大家情绪开始低落，觉得疲惫不堪，而路程似乎还有很长。当有人说："快到了！""快到了！"大家又振作起来，加快了行进的步伐。

第三组的人不仅知道村子的名字、路程，而且公路旁每一公

只要持之以恒地专注于自己的目标，就一定有水到渠成的那一天。

目标的高度决定奋斗的高度，
奋斗的高度决定人生的高度。

里就有一块里程碑。人们边走边看里程碑，每缩短一公里大家便有一小阵的快乐。行进中他们用歌声和笑声来消除疲劳，情绪一直很高涨，所以很快就到达了目的地。

心理学家得出了这样的结论：当人们的行动有了明确目标，并能把自己的行动与目标不断加以对照，进而清楚地知道自己的进行速度和与目标之间的距离的时候，人们行动的动机就会得到维持和加强，就会自觉地克服一切困难，努力达到目标。

这使人联想到罗斯福总统的夫人与萨尔洛夫将军的一次对话。

罗斯福总统的夫人在本宁顿学院念书的时候，打算在电信业找一份工作，以补助生活。她的父亲为她引见了自己的一个老朋友——当时担任美国无线电公司董事长的萨尔洛夫将军。

将军热情地接待了她，并认真地问："想做哪一份工作？"

她回答说："随便吧。"

将军神情严肃地对她说："没有任何一类工作叫'随便'。"

片刻之后，将军目光逼人，以长辈的口吻提醒她说："成功的道路是目标铺出来的。"

如果将心理学家的结论用萨尔洛夫将军的语言来表达，那就是："成功的道路是目标铺出来的。"

如果人生没有目标，就好比在黑暗中远征。人生要有目标，一辈子的目标，一个时期的目标，一个阶段的目标，一个年度的目标，一个月份的目标，一个星期的目标，一天的目标……一个人追求的目标越高，他进步得就越快，对社会也就越有益。有了崇高的目标，只要矢志不渝地努力，就会成为壮举。

如果将心理学家的结论用哲人的语言来表达，那就是："伟大的目标构成伟大的心灵，伟大的目标产生伟大的动力，伟大的目标形成伟大的人物。"

如果失去了目标

在雪地里行军是件有危险的事，因为它极易使人得雪盲症，以致迷失行进的方向。

起初人们认为，患雪盲症的根本原因是雪的反光太刺眼。可后来人们产生了疑问：若仅仅是因为雪的反光太刺眼，为什么戴上墨镜之后，雪盲症仍然不可避免呢？

后来，美国陆军的研究部门得出了新的结论：导致雪盲症的根本原因并不是雪的反光太刺眼，而是因为除了银白色的世界之外空无一物。

科学家解释说，人的眼睛其实总在不知疲倦地探索世界，从一个落点到另一个落点。要是长时间连续搜索而找不到任何一个落点，它就会因紧张而导致失明。

现在，美国陆军找到了防止发生雪盲症的办法：派先驱部队摇落常青灌木上的雪。这样，在一望无垠的白雪世界中，便出现了一丛丛、一簇簇的绿色景观，搜索的目光便有了一个又一个的落点。

在很多情况下，失去目标都是危险的。眼睛如果失去了搜索的目标，就会失去光明；轮船如果失去了前进的目标，就会偏离航线；奋斗如果失去了明确的目标，就会迷失方向；心灵如果失去了追求的目标，就会丧失自我。

　　有目标的人与没目标的人不同，即使在纷纭多变的复杂环境中，也不会迷失；即使走得慢，也比徘徊的人要快。雨果说得好："进步，意味着目标不断前移，阶段不断更新。他的视野总是不断变化的。"

锁定核心目标

中央电视台的《动物世界》节目曾播出过这样一组画面，一组颇有启迪意义的画面：

在遥远的非洲马拉河两岸，青草肥嫩。草丛中的一群群羚羊，在美美地觅食。一只非洲豹隐藏在远处的草丛中，竖起耳朵，仔细地倾听。它觉察到了羚羊群的存在，然后悄悄地、轻手轻脚地、慢慢地向目标靠近。它们之间的距离越来越近了，突然羚羊对危险有所察觉，立即纷纷奔跑逃命。与此同时，非洲豹像起跑线上的百米运动员那样，瞬时发力，箭一般地冲向羚羊群。它的眼睛死死地盯住一只未成年的羚羊，穷追不舍。羚羊跑得飞快，非洲豹跑得更快。在追与逃的拼搏过程中，非洲豹超过了一头又一头站在旁边观望的羚羊，却没有掉头改追离自己较近的猎物，始终如一、竭尽全力地朝着那只未成年的羚羊疯狂追。那只羚羊已经跑累了，非洲豹也累了。在累与累的较量中，它们比速度，拼耐力。非洲豹的前爪终于搭上了羚羊的屁股，羚羊倒下了。非洲豹迅速张开血盆大嘴，直朝羚羊的脖颈咬了下去……

为了生存的需要，非洲豹等肉食动物都知道，在出击之前要隐藏自己；在选择追杀目标时，总是瞄准那些未成年的，或老弱的，或落了单的猎物。

也许有人会问：非洲豹在追击过程中，为什么不改追其他离自己更近的羚羊呢？

动物学家解释说，因为非洲豹已经很累了，而其他的羚羊一点也不累。其他羚羊一旦起跑，也有百米冲刺的爆发力，瞬间就会把已经跑累的非洲豹甩在后边，使其望尘莫及。如果非洲豹丢下那只跑累了的羚羊，改追另一头不累的羚羊，以自己之累去追不累，最后肯定是一只也追不着。

其实，动物界这种普遍存在、世代相传的本能，颇能启迪人类：要想获得成功，就必须将本身极其有限的资源集中利用，就必须在不同阶段锁定一个切实可行的核心目标，就必须毫不犹豫地放弃一切干扰实现核心目标的诱惑目标。如若不然，朝三暮四，见异思迁，东一榔头西一棒槌，幻想十个指头同时按住十只跳蚤，其结果只能是一无所获，一事无成。

当生命锁定了目标

在刘谦 7 岁那年，有一天阿姨带着他出门逛街。当他们在百货公司漫无目的闲逛时，他突然被一个专柜吸引住了，怎么也不肯再移动一步。原来，是一个导购小姐正在表演魔术。

刘谦看到导购小姐拿出一枚硬币放进小盒子里，并用手帕将小盒子包裹起来。然后，导购小姐对他一笑，神奇的事情发生了：盒子里的硬币居然穿过盒子和手帕，落到了她的手里！

这究竟是怎么回事，刘谦百思不得其解。为了弄懂神奇硬币穿盒术的秘密，他绞尽脑汁，终于找到了答案，同时也对魔术产生了浓厚的兴趣。

有一次，刘谦在学校给老师和同学们表演神奇硬币穿盒术。当表演结束时，教室里响起了雷鸣般的掌声。此后，他更加爱上了这个能给大家带来惊奇与快乐的表演。

但真正对刘谦的人生产生了巨大影响的事情，发生在他 12 岁那年。有一天，一个叫汤文龙的大男孩告诉刘谦，台湾将举办 18 岁以下青少年魔术大赛，并鼓励他积极报名参加比赛。报名参赛的选手多达 200 余人，评审人员中有国际魔术大师大卫·科波菲尔。

刘谦虽然参加了魔术大赛，但对获奖却没有抱希望。因为他知道很多选手都有很厉害的师傅，都有很华丽的道具，而自己只不过是将很多巧思用在了几张纸片上。比赛之后，当他在后台收拾东西准备回家的时候，突然听到大卫·科波菲尔用很不流利的中文宣布：第一名刘谦。他激动地冲上去，幸福地接受了自己心中的偶像、世界第一魔术大师的颁奖，奖金是五万块台币。

刘谦满怀深情地回忆说："如果当时我在这个比赛没有得奖，就很可能不会在这条道路上继续走下去了。这个比赛让我第一次体会到，只要努力做好一件事情，就会得到回报。从此以后，大卫·科波菲尔成了我生命中最重要的一个目标，魔术成了我生命中最重要的一个词语。"为了实现自己的目标，他写下了这样的座右铭："人生的苦辣，都要尝尝。风雨的后面，就是阳光。心中有理想，就有力量。胜利的曙光，就在前方。遇到了困难，挺起胸膛。做人坦荡荡，就不慌张。前方有阻挡，别放心上。把心放宽敞，就会通畅。"

功夫不负有心人。后来，刘谦的表演足迹遍布世界各地。他成为获得过国际奖项最多的魔术师，包括 2003 年世界魔术研讨会年度最佳手法奖，2005 年美国魔术学院颁发的尼尔·佛斯特奖，2008 年日本近距离魔术协会年度最佳近距离魔术师奖，等等。

2006 年，大卫·科波菲尔在上海演出时，应邀接受了上海电视台的访问。电视台特意请 30 岁的刘谦光临，安排他们在节目中相见。在他们相见的时刻，已经功成名就的刘谦，满怀激情地用英文对这位改变了自己命运的国际魔术大师说："您是我的目标，看到您的成就，使我觉得自己还有很大的成长空间……"

刘谦的成功轨迹可以告诉人们，当一个人的生命锁定了奋斗目标的时候，当一个人的奋斗目标成为生命使命的时候，就会创造出一个又一个令人惊叹不已的奇迹。

专注于自己的目标

奥古斯特·罗丹是法国著名雕塑家。他年轻时家境贫寒，拜勒考克为师，如饥似渴地学习雕塑艺术。勒考克对这个既有天才又很勤奋的弟子青睐有加，希望他有朝一日能继承自己的事业。

罗丹对于雕塑艺术的专注，是超乎寻常的。在学习雕塑的最初几年里，为了培养自己的想象力和观察力，他经常流连于巴黎的花园、广场、古建筑群，徜徉于塞纳河两岸的大道，仔细地观察着身旁的一切。他随身带着笔和纸，画了无数的写生。他全身心地投入学习，几乎没有休息日。

学习了三年之后，罗丹在老师勒考克的支持下，满怀信心地参加了美术学院的入学考试。当他在考场创作的塑像完成之后，几乎在场的所有人都露出惊讶与羡慕的神色。但出人意料的是，他落榜了。主考官在他的名字后面写上了这样一句评语："此生毫无才华，继续报考纯属浪费时间。"

后来，一位画家向罗丹透露其落榜的真正原因："尽管你在雕塑方面是个天才，但由于你是勒考克的得意门生，他们囿于门户之见，所以不会录取你。"

考入美术学院的梦想破灭之后，罗丹找到了一份装修工作，以维持生计。不久，他的二姐不幸病逝。他痛不欲生，住进了修道院，决心当一个修道士打发余生。过了一年，罗丹发现自己根本无法忘记雕塑。于是，他又重新回到了老师勒考克的工作室。

历经磨难的罗丹，专心致志地投入了雕塑艺术，相继完成了《吻》《沉思》《思想者》《巴尔扎克》等传世的作品，成为世界公认的雕塑大师。

有一天，奥地利诗人斯蒂芬·茨威格慕名前去拜访罗丹，希望了解罗丹究竟如何完成那些堪称完美的雕塑作品。茨威格到达罗丹工作室的时候，罗丹正在雕塑一尊女子半身像。在茨威格看来，这无疑是一个完美的杰作。两人简单寒暄了几句，罗丹的目光就落在了这尊雕像上。罗丹向茨威格说了声"对不起"之后，就拿起了雕刻刀，一边观察，一边修改。他有时微笑，有时皱眉，有时加上一点泥，有时又去掉一些，嘴里还不停地自言自语："那肩膀上的线条仍嫌太硬……""还有这里，这里……"罗丹完全沉浸于创作中，竟然忘记了来访的客人。

直到罗丹放下雕刻刀的时候，才忽然想起茨威格，于是赶忙道歉："对不起，先生，我忘了您在这儿了……"

与罗丹的那次会面之后，茨威格在自己的文章中写道："为了创造完美的塑像，罗丹全神贯注，似乎把一切都忘记了，似乎忘记了整个世界的存在。我领悟了罗丹之所以成功的奥秘，领悟了一切艺术、一切事业成功的奥秘，那就是两个字：专注。不管是谁，如果能像他那样把精力专注于一个点上，就一定会创造出惊人的奇迹。"

从上面茨威格的话，不禁让人联想到了罗丹的一句名言："在迈向成功的道路上，你不要管别人在说什么，在做什么，或者得到了什么，只要持之以恒地专注于自己的目标，就一定有水到渠成的那一天。"

成功青睐有远大目标的人

为了考察目标对人生的影响，美国的哈佛大学和耶鲁大学分别做过两个著名的跟踪调查，对象都是 2000 名智力、学历、环境等条件相差无几的年轻人。根据他们人生目标的差异，分为以下四类：

第一类，有科学长期目标的人，约占 3%。

第二类，有短期目标的人，约占 10%。

第三类，有较模糊目标的人，约占 60%。

第四类，基本没有目标的人，约占 27%。

25 年后，研究人员通过跟踪调查发现，这些人的生活已经迥然不同。

第一类人，他们始终不曾更改过人生目标，集中精力坚持不懈地朝着既定的目标努力，几乎都成了社会的顶尖成功人士，其中包括政坛首脑、商业领袖、艺术大师，等等。

第二类人，他们不断实现短期目标，生活质量稳步上升，大都生活在社会的中上层，成为各个行业不可或缺的专门人才，如律师、工程师、医生、高级主管等。

第三类人，他们大多都生活在社会的中下层，拿着一份不多的薪水，生活较安稳，但没有什么大成就。

第四类人，他们大多都生活在社会的底层，日子过得很糟，常常失业，靠社会救济，并且常常怨天尤人。

美国著名教育家戴尔·卡耐基也做过一次类似的跟踪调查，但范围更广，对象涉及全球一万名不同种族、年龄与性别的年轻人。其中只有 3% 的人拥有清晰而长期的目标；而另外 97% 的人，要么没有长期目标，要么目标不明确，要么基本没有目标。10 年后，他对上述对象的跟踪调查发现：那 3% 的人几乎都取得了相当的成功，而那 97% 的人大多无缘出类拔萃。

上面的这些跟踪调查得出了一个共同的结论：杰出者与非杰出者的一个根本差别，主要不在于天赋和机遇，而在于有无科学的长期目标。

上面的结论，用美国潜能大师博恩·崔西的话来表达，那就是："在一定意义上可以说，成功总是青睐那些有远大目标的人。"

即使最脆弱的生命，一旦集中精力为了一个目标去奋斗，也能取得成功；
即使再强大的生命，如果将精力四处分散，也只能一事无成。

无法命令自己的人，只能听命于他人。

小目标带来大成功

有位成功的企业家在一次演讲中，拿出五颜六色的纸带，分发给每一位听众，并要求大家通过目测的方法，裁下一段 30 厘米的纸带。接下来，他又要求每一位听众，再以同样的方法裁下 150 厘米和 600 厘米的纸带各一段。

大家裁完纸带之后，企业家掏出一把卷尺，仔细测量每一条纸带，并公布了最终的结果：

裁下的 30 厘米纸带，平均误差不超过 6%。

裁下的 150 厘米纸带，平均误差上升为 11%。

裁下的 600 厘米纸带，平均误差高达 19%，个别的居然相差 100 厘米。

企业家通过这个实验告诉听众，目标越小、越集中，就越容易接近成功；目标越大、越宽泛，就越容易偏离成功。这也就是说，要想提高成功的概率，就要大处着眼，小处着手，每天进步一点点，坚持下去，就会积小胜为大胜。

明朝万历年间，号称"天下第一关"的山海关，因年久失修，题匾中的"一"字已经脱落了。万历皇帝听说后觉得这不成体统，于是告示天下，向全国的书法家征集那个"一"字，以恢复山海关题匾的原貌。令人惊奇的是，最后补上这个"一"字的人，根本不是什么书法名家，而是一家客栈的店小二。

原来，这位店小二所在的客栈，恰好面对山海关的城门。每当他擦桌子的时候，视角正对着那个"一"字。于是，他每天得闲时就用抹布在桌子上临摹。年深日久，他对这个"一"字已了然于胸，写起来也比任何人都更得心应手。因为他把目标集中到一个"一"字上，所以才能临摹得胸有成竹、惟妙惟肖。

其实，无论是做什么事情，目标都要切合实际，防止好高骛远。只要我们把目标集中到一点上，并持之以恒，就有利于让小目标带来大成功。

目标永远在前方

出身贫寒的迪布·汤姆斯，是美国中西部城市的一个知名企业家，主要经营汉堡包餐厅。他经营的汉堡包连锁店已多达3200多家，当时在快餐界排名第一。因此，他荣获了赫纳肖·亚尔加奖。这个奖项，就是专门奖励那些出身寒微，自强不息，有所成就，终于为社会做出贡献的出类拔萃之人。

在颁奖的那一天，媒体记者采访迪布·汤姆斯时问："您是在哪里出生的？"

迪布·汤姆斯回答："我也不清楚，大概是亚特兰大市吧。我不知道自己的父母是谁，我是个孤儿，由养父母带大。后来，我带着几美元踏入了社会。"

记者说："请您简单介绍一下自己的创业经历好吗？"

他说："好。我换了好几种工作之后，到了在印第安纳州福特·维因的一家餐厅当了实习服务生。餐厅的老板认为我聪明、勤快，能把工作做得很好，就把俄亥俄州哥伦布市一家快要倒闭的小店交给我经营。一开始，我没有办法使那家小店兴旺起来。后来，我找出业务不顺的原因是因为菜式过多，采购时容易造成浪费，结果导致没有利润。于是我减少菜式，随后生意日渐兴隆起来。不久，我用自己赚的钱开了一个汉堡包餐厅。因为我女儿从小就喜欢吃汉堡包，所以就以女儿的名字'温迪'作为店名。这家小店声誉不错，店面也逐渐扩大。我没有满足，更加注意使用最好的牛肉和最新鲜的蔬菜，不断翻新花样，精益求精。结果一个又一个颇受欢迎的连锁店，就像雨后春笋一样地开起张来。"

记者情不自禁地赞叹："现在，你已经登上了人生的巅峰。"

迪布·汤姆斯立即解释说："不，不是这样。我常对员工说，每一个人都应有积极进取的态度，不能达到一个目标之后就止步不前了，而应该以此作为踏脚石，向更高的目标发起挑战。人不应该为自己设置一个停滞的所谓巅峰目标，而应该做到前方永远有目标，目标永远在前方。"

乔布斯的目标

这些年来，苹果公司推出的每一款新产品都成了时尚的象征，都掀起了争先恐后的抢购热潮。到 2011 年 8 月初，苹果公司超过了微软、谷歌等大公司，成为全球最著名的 IT 公司；同时苹果公司的市值超过埃克森美孚公司，成为全球第一大公司。

苹果公司之所以能迅速发展，走在了世界的前列，这其中究竟有什么奥秘呢？

请从产品必须达到的目标的角度，看看美国苹果公司的创始人、前执行总裁史蒂夫·乔布斯的高标准要求吧。

他要求为"苹果"生产零部件的几十个甚至上百个厂家，所有零件必须达到像同一厂家生产出来的目标，否则就视为不合格。

他要求 iPad、iPhone 外部主要零件的合缝间距必须达到小于 0.1 毫米的目标，以避免两种零部件之间的缝隙夹到人脸上的毛发。苹果公司技术部的人员曾经多次用 iPad、iPhone 在人的面颊上反复滑动，检验是否会夹到毛发……

他要求 iPhone4 控制音量按钮上一圈一圈纹路之间的距离，

必须达到完全相等的目标。

他要求 iPhone4 左侧音量按钮上的加减号在凹下去的部分，必须达到都处于同一水平的目标。

他要求即使把 iPad、iPhone 的部件放大 20 倍，也必须达到绝对是一件完美的艺术品的目标。

他在 iPad 推出的前一周，对其表面有两颗螺丝钉的问题提出了这样的要求：必须达到表面光滑、没有一颗螺丝钉的目标。如果这个问题不能得到完美解决，就推迟半年上市。后来，尽管上市的时间推迟了半年，但 iPad、iPhone 的表面都达到了乔布斯要求的目标。这个改进，无疑成为 iPad、iPhone 的一个引人注目的新亮点。

乔布斯这样评价自己的产品："不要小看 iPad 上的一颗按钮，它和别人不一样的是：我们做了 21 个方案、84000 次测试、57 次改进，用户的满意源于我们追求无与伦比的目标。"

苹果公司合伙人格雷这样评价这位引领世界潮流的人："乔布斯异于常人的地方不在于他的想象力，而在于其对于细节的追求，他的专注程度堪比最细致的原子能工程师。""你可能经常遇见具有革命性思想的经理人，或是对细枝末节一丝不苟的职业经理人，但是只有乔布斯神奇地做到了两者兼备。"

乔布斯这位改变了世界的伟大天才，得到了全世界的公认。从他要求必须达到的奋斗目标，可以得到有益的启迪：要保证超越下等的目标，就必须追求中等的目标；要保证超越中等的目标，就必须追求上等的目标；要保证超越上等的目标，就必须追求最高的目标；要保证达到改变世界的目标，就必须追求无与伦比的目标。

无论是一个人或一个团队，还是一个民族或一个国家，当朝着无与伦比的伟大目标阔步前进的时候，整个世界都会给其让路，整个世界都会为其喝彩。

人生目标与健康长寿

前段时间，新浪网以"你现在快乐吗？"为主题进行了一次调查，共有13661人参加。其中有一个问题是："如果你不快乐，那么最主要的一个原因是什么？"

对这一问题，18.99%的人回答是"不知道人生的目标在哪里"，15.52%的人回答是"目标或理想不能实现"，5.56%的人回答是"怀才不遇或不被理解"。这三种回答说明，有过四成的受访者之所以不快乐，主要是因为在人生目标方面存在着问题。

其实，如果在人生目标方面存在着问题，不仅会影响人的心理健康，而且会影响人的身体健康与寿命。

美国的医学家曾对导致心脏病的原因，进行了一次跟踪调查。其跟踪调查的结果表明，相比较而言，导致心脏病危险的最重要原因不是胆固醇，不是肥胖症，也不是缺乏锻炼，而是对工作与生活的不满与抱怨，特别是缺少积极向上的人生目标。也就是说，心脏病的发生，不仅是身体的器官出了问题，也与没有积极向上的人生目标密切相关。

日本的医学家曾用了7年的时间，对43000名年龄在40—79

岁之间的公民，进行了一次生活目标与健康长寿之间关系的跟踪调查。在这些人中，60%的人回答有积极向上的生活目标，5%的人回答没有什么生活目标，其余人的回答则是没有积极向上的生活目标。跟踪调查的结果表明，那些没有什么生活目标和没有积极向上生活目标的人，其患病的概率要比有积极向上生活目标的人高很多，平均寿命也要短一些。

当然，为了预防疾病，即使有积极向上生活目标的人，也要科学地生活和工作，特别是要避免长期处于操劳过度的超负荷运转状态，避免不自觉地让自己处于容易诱发疾病的状态。

总之，上面这三个调查从不同的角度向人们提出了一个极其有益的忠告：为了有利于身心健康与长寿，每个人都应当确立积极向上的生活目标。

目标的高度决定人生的高度

《易经》中说："取法乎上，仅得其中；取法乎中，仅得其下；取法乎下，无所得矣。"意思是说，追求上等的目标，只能达到中等水平；追求中等的目标，只能达到低等水平；追求下等的目标，只能无所收获。

孙武在《孙子兵法》中说："求其上，得其中；求其中，得其下；求其下，必败。"意思是说，追求上等的用兵之道，只能得到中等的结果；追求中等的用兵之道，只能得到下等的结果；追求下等的用兵之道，必然失败。

孔子在教育学生时说："取乎其上，得乎其中；取乎其中，得乎其下；取乎其下，则无所得矣。"还说："欲得其中，必求其上，欲得其上，必求上上。"意思是说，无论是治学还是做人，对自己一定要高标准、严要求，这样才能出类拔萃。

唐太宗《帝范》卷四中说："取法于上，仅得为中；取法于中，故为其下。"意思是说，很多事情像学习书法一样，向上等的学习，只能达到中等水平；向中等的学习，只能达到下等的水平。

南宋诗词评论家严羽在《沧浪诗话》中也说过类似的话："学其上，仅得其中；学其中，斯为下矣。"

苏联作家高尔基将目标的意义说得更直接："一个人追求的目标越高，他的才力就发展得越快，对社会就越有益。我确信这也是一个真理。"

英国作家卡莱尔阐述了能否集中精力追求一个目标事关成败："即使最脆弱的生命，一旦集中精力为了一个目标去奋斗，也能取得成功；即使再强大的生命，如果将精力四处分散，也只能一事无成。水滴石穿就是其中一例，而那些湍急的河流从来都不会留下任何宝贵的痕迹。"

俞敏洪总结了自己为目标奋斗的感悟："在我们的生活中最让人感动的日子总是那些一心一意为了一个目标而努力奋斗的日子，哪怕是为了一个卑微的目标而奋斗也是值得我们骄傲的，因为无数卑微的目标积累起来可能就是一个伟大的成就。金字塔也是由每一块石头积累而成的，每一块石头都是很简单的，而金字塔却是宏伟而永恒的。"

哈佛大学曾对一群智力、学历、环境等差不多的年轻人做过一个长达 25 年的追踪调查，结果如下：3% 为有清晰且长远目标的人，25 年来几乎都不曾更改过自己的人生目标，并一直为实现目标而不懈地努力，他们几乎都成了社会各界顶尖的成功人士；10% 为有清晰短期目标的人，大都生活在社会的中上层，是各行各业不可或缺的专业人士，如医生、律师、工程师、高级主管等；60% 为目标模糊的人，几乎都生存在社会的中下层，能安稳地工作与生活，但都没有什么特别的成绩；余下 27% 为没有目标的人，一直在社会的最底层过着动荡不安、时常抱怨的生活。

古往今来，有什么样的目标，就有什么样的人生。成为什么样的人，是由目标决定的。要避免最差的结果，必须追求最好的目标，并为之奋斗不止。可以说，目标的高度决定奋斗的高度，奋斗的高度决定人生的高度。

第二章

把一件事做到极致需要专注

———————————————— ❀ ————————————————

　　古今中外，成大事者，都是把一件事做到了极致的人。

　　即使是一个平凡的人，即使是在一个平凡的岗位上，只要专注于自己最重要的目标，用一生把一件事做到极致，就一定会做出连自己都感到吃惊的成绩。

思考是勤奋的眼睛

有个年轻的伐木工人，在一家木材厂找到了工作，工作条件挺好，报酬也不低。老板给他一把利斧，并给他划定了伐木范围。他很珍惜，下决心要好好干。

第一天，他砍了 18 棵树。老板高兴地说："不错，就这么干！"工人很受鼓舞。

第二天，他干得更加起劲，但是只砍了 15 棵树。

第三天，他加倍努力竭尽全力，可是仅砍了 10 棵树。

工人觉得很惭愧，跑到老板那儿道歉，说自己也不知道怎么了，好像力气越来越小了。

老板问他："你上一次磨斧子是什么时候？"

"磨斧子？"年轻工人悔悟地说，"我天天忙着砍树，竟忘记了抽出时间磨斧子！"

伐木需要磨斧子，工作需要什么呢？

有一天深夜，著名的现代原子物理学的奠基者卢瑟福教授走进自己的实验室，看见一个研究生仍勤奋地在实验台前工作。

卢瑟福关心地问道："这么晚了，你在做什么？"

研究生答:"我在工作。"

"那你白天做什么了?"

"我也在工作。"

"那么,你整天都在工作吗?"

"是的,导师。"研究生带着谦恭的表情承认了,似乎还期待着卢瑟福的赞许。

卢瑟福稍稍想了一下,然后说道:"你很勤奋,整天都在工作,这自然是很难得的,可我不能不提醒你,你用什么时间来思考呢?"

卢瑟福对勤奋的质疑,使研究生明白了用足够的时间来思考的重要。

有位记者曾问年轻的微软公司总裁比尔·盖茨:"你成为当今全美首富,个人资产高达550亿美元,成功的主要经验是什么?"

比尔·盖茨十分明确地回答说:"一是勤奋工作,二是刻苦思考。"

行成于思毁于随。思考是智慧之花开放的前夜。一次深思熟虑,胜过百次草率行动;一天思考周到,胜过百天徒劳。一个善于思考的人,才是力大无边的人。爱因斯坦说得好:"要善于思考、思考、再思考,我就是靠这个学习方法成为科学家的。"

刻苦思考可以避免勤奋工作的盲目性,勤奋工作离不开刻苦思考。刻苦思考是勤奋工作的眼睛,就像理论是实践的眼睛一样。

追求就会接近

美国的心理学家曾做过这样的实验，即把篮球运动基础大体相同的学生分成三组，进行不同方式的投篮技巧训练：

第一组学生坚持在二十天内每天练习投篮，并把第一天和最后一天的投篮成绩记录下来，中间的练习不提任何要求，顺其自然。

第二组学生也记录下第一天和第二十天练习投篮的成绩，但在此期间不再做任何投篮练习。

第三组学生记录下第一天的投篮成绩，然后每天花 20 分钟做想象中的投篮。如果投篮不中时，他们便在想象中做出相应的纠正。

实验结果令人吃惊：第二组的投篮进球率没有丝毫长进；第一组的进球率增加了 24%；第三组的进球率增加了 26%。

与投篮实验相近，英国的一些社会学家对上万人的成功原因进行了调查，结果显示：在决定一个人成为成功者的重要因素中，80% 属于个人的"态度"等主观因素；只有 7% 属于运气、机遇、环境、时间、天赋、背景等所谓的客观因素。正是在这个意义上，他们的调查结论是：成功主要是因为态度！

他们还认为，能否驾驭客观因素，是由人们对待客观因素的态度等主观因素，以及把握客观因素的技巧决定的。所以在这个意义上，他们为了强调态度等主观因素的重要，便得出了进一步的调查结论：成功100%都是因为态度！

上面实验和调查的结论，可以用下面的话来表达：

有什么样的期望，就会有什么样的信念；

有什么样的信念，就会有什么样的态度；

有什么样的态度，就会有什么样的行为；

有什么样的行为，就会有什么样的结果。

上面实验和调查的结论，也可以用下面的话倒过来表达：

要想结果变得更好，先要让行为变得更好；

要想行为变得更好，先要让态度变得更好；

要想态度变得更好，先要让信念变得更好；

要想信念变得更好，先要让期望变得更好。

总之，只要在客观许可的范围内，追求成为什么样的人，就会接近成为什么样的人，甚至就会成为什么样的人。

心专才能绣得花

婚礼作为人生中最隆重的庆典，已经成为世界各民族的一种风俗。下面三位名人的婚礼，都发生了与众不同的趣事。

法国微生物学家巴斯德结婚那天，双方的父母和客人都到齐了，只有新郎还迟迟没有露面。人们四处寻找，终于在实验室里找到了他。原来，他正在全神贯注地观察着实验中的细微变化呢！

朋友焦急地对他说："喂，你难道把今天的婚礼忘了吗？"

"没有。"他平静地回答。

朋友催促道："新娘和大家都等急了，你还在这里忙什么，还不快走？"

巴斯德请求说："朋友，再稍微等一会儿，我做完这个实验马上就到！"

1871 年的圣诞节，爱迪生举行结婚典礼，亲戚朋友都前来祝贺。在满屋宾客的一片喧闹声中，他悄悄地对新娘说："玛丽，对不起，我想到了一个重要的事情，得到实验室去一下，争取吃晚饭时回来。客人们就拜托你关照了。再见，亲爱的。"爱迪生

在由失败通往胜利的征途上有道河，
那道河叫放弃。
在由失败通往胜利的征途上有座桥，
那座桥叫努力。

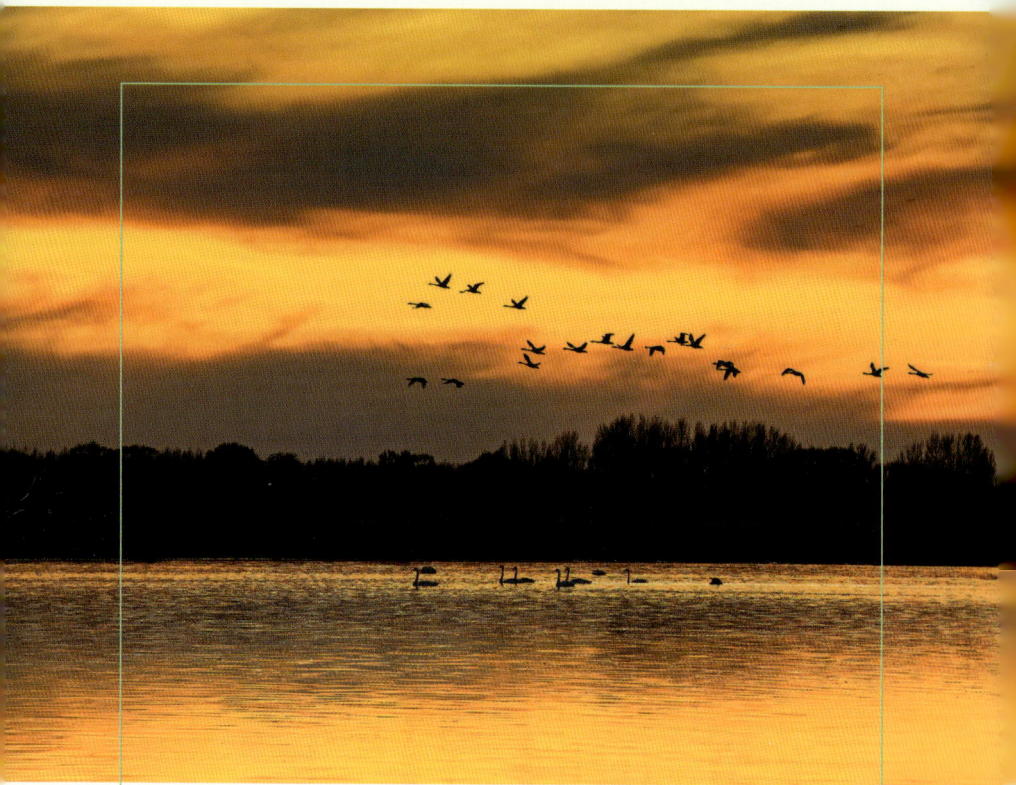

不管是谁，
如果能努力到专注的程度，
把精力专注于一个点上，
就一定会创造出连自己都会
感到意外和吃惊的成绩。

说完，快步地向实验室走去。

然而到了吃晚饭的时候，谁也找不到这位新郎。玛丽深知爱迪生是个废寝忘食工作的人，不想打断他的实验，就出面为他打了圆场。

当爱迪生做完自动电报机实验的时候抬头一看时钟，已经是深夜 1 点了。他十分内疚地说："糟糕！玛丽还等着我吃晚饭呢！"

闻一多读书成瘾，爱不释手。在他结婚的那天，张灯结彩，热闹非凡。可直到迎亲的花轿快到家的时候，也没见新郎出面。大家赶忙东寻西找，结果在书房里找到了他。他仍穿着旧袍，捧着书读得入迷。难怪人家说他，一看书就"醉"。

上面这三位名人在婚礼中的做法似乎有些可笑，有些不近人情，甚至有些难以理解，当然也没必要提倡。但是不能不看到，正是因为他们对事业的如痴如醉，才取得了非凡的成就。恰如纪晓岚所说："心心在一艺，其艺必工；心心在一职，其职必举。"俗话说得好："心专才能绣得花，心静才能织得麻。"许多人之所以没能摆脱平庸，往往并不是因为无能，而是因为心意不专。

从心开始突破

拉尔是一位新成长起来的优秀举重运动员。在备战奥运会的训练中，他不断地提高着自己的训练成绩：从 400 磅，450 磅，475 磅，490 磅，495 磅，一直到 498 磅。

但是，几乎每一位运动员在某一阶段都会遇到瓶颈，拉尔也不例外。当他举到 498 磅之后就徘徊不前了，一直没能举起 500 磅。尽管他嘴上也说自己一定能举起 500 磅的重量，但实际上屡战屡败，越来越丧失信心。

有一天，拉尔的教练对他说："嗳，你过来，再试一次，这次举的重量是 490 磅。举得好，你就可以洗个澡提前回家了。但是，你必须竭尽全力、干净利落地举起来，否则，就罚你再继续训练一小时。"

拉尔胸有成竹，举 490 磅是没有问题的。他憋足了劲，一鼓作气举了起来。他放下举重杆，自言自语地说："这 490 磅怎么这么沉啊？"

教练兴奋地宣布："祝贺你，你已经举起了 500 磅！"

"500 磅！"拉尔简直不敢相信自己的耳朵。

"没错！正是 500 磅！为了消除你的心理障碍，我故意说是
490 磅。"

教练告诉拉尔："依我的观察，你几个星期之前就可以举起
500 磅的重量了，只是心理障碍影响了你训练成绩的提高。如果
要想有所突破，你就必须先从心开始。"

从那以后，拉尔不再怀疑自己有举起 500 磅重量的能力了，
举起 500 磅的重量也不再有任何困难了。

有很多事情，并不是因为不可能做到我们才变得失去了信
心，而是因为我们失去了信心才变得不可能做到。最可怕的敌
人，并不是眼前的困难，而是没有坚定的信心。

把精力集中到一个点上

在一望无际的撒哈拉大沙漠里，美国生物学家克林莱斯有幸用摄像机拍到了这样一组难得的画面，即小鸟与毒蛇的生死搏斗。

当小鸟扑扇着翅膀刚刚停在沙地上准备觅食之时，潜伏在沙子里的毒蛇突然张开大口蹿了出来。眼看小鸟就要成为毒蛇的果腹之物，可是出人意料的是，小鸟不但灵巧地逃离了临头大祸，而且没过多长时间，竟然从劣势转为优势。

小鸟一边躲闪着毒蛇的血盆大口，一边用爪子使劲地拍击毒蛇的头部。其准确程度令人惊叹，可以说是分毫不差。尽管小鸟的力量有限，用爪子对毒蛇头的拍击似乎构不成什么威胁，但它并没有停止拍击。就在小鸟拍击了一千多下时，起初穷追不舍的毒蛇，终于有气无力地瘫软在沙地上，再也爬不动了。

蛇口脱险的小鸟停在沙地上，从容地吃了一些甲虫类的食物之后，扑扇着翅膀从容地飞走了。

小鸟和毒蛇的力量对比悬殊，可为什么穷凶极恶的毒蛇竟成了弱者小鸟的手下败将了呢？

生物学家唯一能得到的答案就是：小鸟在经过长期的经验积累后，终于掌握了一套对付毒蛇的有效办法，那就是瞄准一个点——毒蛇的头部，并坚持不懈地准确拍击。小鸟以这种集中全力瞄准一点的抵抗方式，在力量对比悬殊的较量中以弱胜强。

从动物世界的这场生死搏斗，不禁想到了法国昆虫学家法布尔与一位青年的对话。

有一次，一个年轻人苦恼地对法布尔说："我爱科学，爱文学，也爱体育，对音乐和美术也很有兴趣，可读了不少书，收效却不大。这究竟是什么原因呢？"

法布尔拿出一个凸透镜对他说："我们一起做个实验。你看，放大镜能把阳光集中到一个点上。我把一张纸放在这个点上，过不了一会儿，这张纸就会被点燃。"

过了一会儿，年轻人兴奋地说："纸被点燃了！纸被点燃了！"

这时法布尔说："把你的精力集中到一个点上试试看，就像这块凸透镜一样，那将会有什么结果呢？"

年轻人心领神会地笑了。

绳锯木断，水滴石穿。即使是一个平常的人，即使是在一个平凡的岗位上，只要持之以恒地把精力集中到一个点上，有如神助的命运就会帮助他创造出令人惊叹的奇迹。

软糖实验

提米四岁，坐在斯坦福大学心理系一间实验室的灰色金属桌旁，看到了桌上放着一块果汁软糖。软糖是妈妈常给他吃的那种，实在是太好吃、太诱人了。

把提米带进实验室的那个老师很和善。她告诉提米："我要出去一会儿。如果你想吃那块软糖，就可以立即吃掉。但是，如果要是能等到我回来之后再吃，那么你就可以得到两块软糖。"

说完后，那个老师出去了。提米盯着那块软糖，不时地搓搓手、踢踢脚，极力想控制自己。他知道，如果等老师一会儿，就能得到两块软糖。但是眼前的诱惑太大了，他最终把手伸向桌子，一把抓住了那块软糖。他紧张地环顾四周，然后一口吃掉了那块软糖。

其实，提米只是米契尔博士和他的助手们多年来研究的几十个对象中的一个。他们通过软糖实验，要搞清楚孩子在诱惑面前的自律能力对将来的成长有什么影响。

米契尔通过对参加软糖实验的孩子们的多年跟踪研究发现：相比较而言，能够等到第二块软糖的孩子，长大以后在社会上表现得更自信、更优秀、更具竞争力。他们在全美学科评鉴考试中，平均得分要比吞下眼前那块软糖的孩子高出 210 分。一句话，从小自律能力较强的孩子，长大后容易获得更大的成功。

后来，米契尔博士和他的助手们又对不同年龄段的人群做了类似的研究。他们发现，自律能力较强的高中生，学习成绩比较好；自律能力较强的大学生，能获得较全面的发展；自律能力较强的已婚者和参加工作的人，能有更好的人际关系及更不错的事业。与此相反，自律能力较差的人则容易犯错误，也容易出现身心健康的问题。一句话，在更大范围内的软糖实验进一步证实了，自律能力较强的人比自律能力较差的人容易获得更大的成功。

软糖实验揭示了自律能力与获得成功的关系，其结论无疑是可信的。但先天自律能力较差的人就命里注定要失败吗？一个人的自律能力是不是可以在后天的锻炼中提高呢？

为了搞清楚这些问题，米契尔博士和艾伯特·班德拉博士共同进行了下面的软糖实验。

两位博士让自律能力较差的孩子们和自律能力很强的成年人坐在一起，桌子上也放着软糖。结果，这些成年人的做法成了这些贪吃孩子们的榜样与示范：他们或者低头打个盹儿，或者从椅子上站起来进行锻炼，谁都不去动自己眼前的软糖。令人高兴的是，孩子们也开始模仿成年人的样子，也都不去动自己眼前的软糖。

两位博士得出了共同的结论：自律能力对获得成功有重要影响，但先天自律能力较差的人并不等于命里注定要失败，因为后天的锻炼完全可以弥补先天的不足，提高一个人的自律能力。

　　不错，一个人只有战胜自己，才能战胜诱惑；只有战胜诱惑，才能战胜对手；只有战胜对手，才能战胜世界。

专注的眼神

2004 年 8 月 28 日，在雅典奥林匹克体育场，刘翔风驰电掣般第一个冲过 110 米栏终点，打破了黑人选手一统天下的格局，赢得了奥运比赛的冠军。这是中国径赛选手在奥运会上获得的第一枚男子项目的金牌，为中国乃至整个亚洲都赢得了荣誉。当他登上冠军领奖台的时候，每一个中国人都为之欢欣鼓舞。

一阵一阵的欢呼过后，有些人为之惋惜：因为刘翔此次夺冠的成绩是 12 秒 91，恰巧平了由英国选手科林·杰克逊于 1993 年创造的世界纪录；只要再快 0.01 秒，他就能打破世界纪录了！

赛后，专家们立刻反复观看、研究这次比赛的录像，得出了一个结论：以刘翔的爆发力、速度和跨栏技术，完全可以打破世界纪录，但是因为在冲刺到终点的那一刹那，他用眼睛的余光斜视了身边的对手，就是那一个眼神，使他与新的世界纪录失之交臂。

刘翔载誉归国后，成为大众的"偶像"，传媒、商家和娱乐圈也纷纷对刘翔表现出极大的兴趣与热情。有识之士开始为之担忧，怕他抵御不了这么多的诱惑。

然而，刘翔表现得十分清醒。因为他知道专家们观看、研究这次比赛录像后得出的结论，深知一个分心的眼神也会使自己与新的世界纪录擦肩而过。当记者问他"会不会进入娱乐圈"的时候，他断然地做出了否定的回答："为了向世界纪录发起冲击，我只会继续专注地从事跨栏，就是一个眼神也不能分出去！"

　　2006 年 7 月 12 日，在国际田联超级大奖赛洛桑站 110 米栏的比赛中，刘翔不仅成功卫冕，而且以 12 秒 88 的成绩打破了尘封 13 年之久的世界纪录。他兴奋地当场脱下上衣，赤裸上身绕场狂奔一周，尽情地释放着心中的喜悦。

　　专家们感慨地说："正是这一个眼神都不能分出去的专注，成就了刘翔那 12 秒 88 的新的世界纪录。"

　　其实，不仅是否打破世界纪录取决于有没有专注的眼神，而且很多事情的成败也都取决于有没有专注的眼神。

把自己的线变长

有一位搏击高手，在参加锦标赛之前，自以为稳操胜券，一定可以夺得冠军。

出乎意料的是，在决赛时这位搏击高手遇到了一个实力很强的对手。决赛开始后，双方想方设法、竭尽全力地出招拼搏，但一直难分胜负。当决赛进行到中场时，他已经意识到，自己找不到对方招式中的破绽，而对方的攻击却往往能够突破自己防守中的漏洞……

比赛的结果可想而知，这位搏击高手输给了对手，没有拿到冠军奖杯。

比赛结束后，搏击高手很不甘心地找到师傅，将自己与对方搏击过程中的一招一式演练给师傅看，并请师傅帮助自己找出对手招式中的破绽。他决心针对这些破绽，苦练出足以战胜对手的新招，在下次锦标赛时夺回期盼已久的冠军奖杯。

师傅听后没有立刻说什么，而是在地上画了一道线，然后问徒弟："在不准擦掉这道线的情况下，如何才能让它变短？"

究竟有什么办法才能使地上的这条线变短呢？搏击高手冥思

苦想之后，还是束手无策，无计可施。最后，他无可奈何地放弃了寻找解决问题的办法，转向师傅请教。

师傅首先在已有的那道线旁边又画了一道更长的线，然后说："你看看，两者比较，原先的那道线是不是显得变短了许多？"

随后，师傅接着说："要想稳操胜券，攻击对手的破绽无疑是重要的，但更重要的是如何使自己变得更加强大。如果你自己变得更加强大了，对手就会变得相对弱小了。正如这地上的线一样，如果出现了更长的线，原先的那道线就显得比较短了。你要牢牢记住关键的一句话：集中精力把自己的线变长。"

搏击高手顿开茅塞，豁然开朗，频频点头，自言自语地重复、品味着师傅的话。

"集中精力把自己的线变长"，实质就是练好内功，全面提高自身素质，做最好的自己。

"集中精力把自己的线变长"，需要有横不攀、竖不比、扎扎实实抓自己的恒心；需要有不与人争、只与己争的胸怀；需要有以出世的精神做人，以入世的精神做事的境界。

其实，无论在什么岗位上，也无论做什么工作，要想出类拔萃，都需要有"集中精力把自己的线变长"之精神。因为，要取得一般的成功，需要朋友；要取得非常的成功，需要对手；要取得真正的成功，需要不断地战胜自己，提高自己，做最好的自己。

一生做好一件事

一生做好一件事，就是在均衡发展、没有太大短板的前提下，至少要有一件事做得很棒，至少要有一件事拿得出手，至少要有一件事出类拔萃。林语堂说得对："思一千，想一万，不如集中精力去完成一件事情，哪怕是一件很小的事情。"

一生做好一件事，就是要认真听从内心的呼唤，不在乎外面的议论，选择最喜欢、最有价值的一件事情，当作毕生的事业，将其做到最好，做到极致。用买十件衣服的钱买一件衣服，衣柜就经典了；用做百件事的工夫做一件事情，事业就经典了。

一生做好一件事，就要拒绝很多事。少则得，多则惑。乔布斯曾说："我为做过的事情感到自豪，但为决定不做的事情同样感到自豪。""创新意味着消除多余元素，凸显必要元素。对一千件事说'不'，才能对一件事情真正说'是'，把事做大。"唯有放弃，才能追求；唯有割舍，才能专注；经得起诱惑，耐得住寂寞，永远是成功道路上的不二法则。

一生做好一件事，才可能有所成就。优秀和平庸的差距，往往只在于一件。优秀的人能把一件事做好，而平庸的人做了太多事却依旧碌碌无为。一个人围着一件事转，最后全世界可能都围着他转；一个人围着全世界转，最后全世界可能都会抛弃他。持之以恒、专心致志地做好一件事，就会创造出将不可能变为可能的奇迹。

一生做好一件事，有多种多样的方式。比如，同样做一件事时，你比别人做得好；别人做得同样好时，你比别人做得快；别人做得同样快时，你比别人做得成本低；别人做得成本同样低时，你比别人做得附加值高……

一生做好一件事，不仅是可能的，而且是必要的。每个人的时间和精力都是有限的，"一生做好一件事"，虽然听起来很简单，实则艰难但收获颇丰；"一生做好每件事"，虽然听起来很完美，但往往每件事都做得不尽如人意。每个人永远有时间做好最重要的一件事，但永远没有时间做好每一件事情。

谷岳是华裔美国人，环球旅行者。2009 年夏天，他只依靠陌生人的帮助，一路搭便车，经过 16000 多公里、13 个国家，穿越中国、中亚和欧洲，终于到达柏林，见到了自己的女友。在他的房间里贴着一张《搭车去柏林》的海报，上面写着发人深思的两行字："如果你真的想做成一件事，全世界都会帮助你。"

齐白石与一担楚石

　　齐白石25岁时拜胡沁园为师，跟着做木匠活，同时学习绘画和研习诗文。《白石老人自述》中说：他们师徒俩常去陈家垅胡家和竹冲黎家。胡、黎两姓都是有钱的财主人家，家里有了婚嫁的事情，男家做床厨、女家做妆奁，件数做得很多，都是由他们师徒去做的。有时师傅不去，就由他一人单独去。

　　在黎家，齐白石结识了几位影响自己一生的人。他的第一位艺术同好，是比自己大10岁的黎丹。在与黎丹交往一段时间后，齐白石扔掉了斧锯钻凿一类家伙，改了行，专做画匠了。

　　几年之后，32岁的齐白石之所以开始学习篆刻，也是受黎家人的影响。那个时候，黎家的黎鲸庵和黎铁安都在钻研篆刻，齐白石就向他们请教。两人不知道齐白石的篆刻水平如何，就让其刻一方印试试。齐白石刻成后，两人发现，他的水平已经相当高了。于是，双方就在篆刻上互为师友，切磋共进。

　　有一天，齐白石问黎铁安："我总也刻不好，怎么办呢？"黎铁安回答："南泉冲的楚石，有的是！你挑一担回家去，随刻随磨。你要刻满三四个点心盒，都成了石浆，那就刻得好了。"

其实，这是黎铁安的玩笑话，尽管也是在告诉齐白石：学篆刻没有更多的窍门，就是不怕辛苦，多练多刻。但齐白石却极为认真，开始了闭门苦练刻印。他一边刻，一边对照古代的篆刻精品揣摩。他用楚石刻完了，就磨平；磨平了，就再刻。他全神贯注、孜孜不倦地刻呀，刻呀，手上打起了血泡，血泡变成了老茧，搞得石粉和石浆满屋都是。他日复一日，专心致志，持之以恒，10 年有余。功夫不负苦心人，他的篆艺大成，达到了炉火纯青、独树一帜的境地。

后来，功成名就的齐白石说出了通往艺术巅峰的深切体会："画画小技，人拾者则易，创造者则难。拾得者半年可得皮毛，欲自立成家，至少辛苦半世。"

推而广之，无论是作画的成就，还是篆刻的成就，恐怕世界上的所有了不起的成就，都离不开齐白石这种将一担楚石化为石粉和石浆的奋斗精神。

重复的事情不停地做，
就会成为专家；
重复的事情专注地做，
就会成为大家。

黄永玉的荷花八千

在著名画家黄永玉的绘画题材里，荷花是个颇具分量的主题。他钟爱荷花，不仅画得多，而且独树一帜，神韵盎然。因此，他被称为"荷痴"。

黄永玉与荷花结缘，是在"文化大革命"那段噩梦般的岁月。他看到傲然展蕊的荷花，有"出淤泥而不染，濯清涟而不妖"的品性，有超凡脱俗、临风亭立的仙骨，有分外高洁的气节和神韵。所有这些，都给他以绝妙的美感享受，并成为他在逆境中启迪心智的精神支撑。

黄永玉经常去荷塘赏荷花，经常用画笔描绘心灵捕捉到的荷花之美。荷花的千般姿态被他描摹殆尽，荷花的万种风情被他展现无遗，其中自然蕴涵了他的无限情思。

但是，黄永玉画的荷花，大多数是浓墨重彩，很绚丽、很灿烂，没有非常清高、孤傲于世的感觉。有人说，他画的荷花不正宗，不传统。他笑着解释说，荷花的确是从污泥里面长出来的。可污泥是什么呢？那是掺了水的泥土，是充满养料的泥土。荷花是从泥土母亲那里长出来的，如果回头来骂它是污泥，那就叫忘本。

如今，黄永玉在北京家中万荷塘的池水里，已种下了来自山东、湖南、广东、北京的各色荷花。他看了、画了多年的荷花，它们的形神早已烂熟于心，可谓"胸有成花"了。

可是，几十年来黄永玉究竟画过多少荷花呢？有一天，他整理画室的时候，叫儿子帮助清点一下。儿子将他的画稿一捆一捆地整理好，共有 80 捆之多，每捆 100 张。他看后感慨地说："这叫作荷花八千啊。"

不言而喻，黄永玉画荷花，之所以能信手拈来、一挥而就、形神兼备、栩栩如生，深受人们的喜爱和称道，就是因为天道酬勤，功夫不负苦心人啊。

推而广之，无论做什么事情，无论从事什么工作，要取得非凡的成就，都离不开黄永玉这种"荷花八千"的奋斗精神。

卡莱尔说得对："即使最脆弱的生命，一旦集中精力为了一个目标去奋斗，也能取得成功；即使再强大的生命，如果将精力四处分散，也只能一事无成。水滴石穿就是其中一例，而那些湍急的河流从来都不会留下任何宝贵的痕迹。"

第三章

把一件事做到极致需要从小事做起

———————————————— ❋ ————————————————

任何伟大的思想、行动和事业，都有一个微不足道的开始。天下大事必做于细，天下难事必做于易。

要想成就大事业，就必须从有益的小事做起。小事养成习惯，习惯形成个性，个性决定命运。

伟大，不是不做渺小的事，而是将渺小的事做到极致。

非凡，不是不做平凡的事，而是将平凡的事做到极致。

伟大与非凡，孕育在把渺小与平凡的事做到极致之中。

大事须从小事做起

看起来微不足道的一些小事，有时会决定一些大事的趋势、结局与命运。

2000 年 8 月，法国一架协和超音速客机意外坠毁，造成 113 人丧生的悲剧。

一架性能先进的客机怎么就突然坠毁了呢？

经过认真、详细的事故调查后确认，发生空难的原因是："在巴黎戴高乐机场右 26 号跑道上，有一根长 43 厘米的金属片。这根金属片肯定不是坠毁飞机的零部件。它戳破了飞机左起落架的前轮胎，致使其爆裂。""轮胎炸成了碎片，碎片又打破了在跑道上风驰电掣般飞行中的飞机的油箱，导致燃油大量泄漏，燃起大火。""前后不到一分半钟，便出现了飞机坠毁的悲剧。"

这根小小的金属片，就是造成这架协和超音速客机意外坠毁的罪魁祸首。

小事能导演出悲剧，也能导演出喜剧。

"杂交水稻之父"袁隆平与其他科学家一样，曾长期深信水稻是自花传粉植物，没有杂交优势。但一次意外的小事，彻底改变了他那根深蒂固的观念。

1960 年 7 月的一天，他在实验田发现一株"鹤立鸡群"的禾苗，不但长得高大，而且穗特长，每穗有 160 多个谷粒。若种这样的水稻，亩产可达千斤，这使他兴奋不已。但转年试种时出现了问题：秧苗、抽穗、灌浆参差不齐，且呈分离状态。他突然产生灵感：自交是不会出现分离状态的，那"鹤立鸡群"的一代应是天然杂交稻，这正说明水稻有杂交优势。袁隆平的发现不仅推翻了过去的所谓"历史定论"，而且促使杂交水稻在我国及世界许多国家得到推广，为人类做出了伟大的贡献。

法国协和超音速客机的不幸坠毁与"杂交水稻之父"袁隆平的发现，又一次从成败两个方面验证了列宁的一句名言："要成就大事业，必须从小事做起。"

0.01 秒和 0.01 厘米

在中央电视台体育频道"精彩瞬间回放"的电视节目中，看到了这样的竞技场面：

1988 年，在韩国举办的奥运会上，男子 100 米蝶泳决赛正在如火如荼、扣人心弦地进行着。当时夺魁呼声最高的美国泳坛名将马特·比昂迪不负众望，正在劈波斩浪奋勇前进，已经把其他选手抛在身后。眼看就要向终点冲刺了，马特·比昂迪情不自禁地从水中抬起头来。当他看到胜券在握时，竟然兴奋地举起双手，第一个在水中庆祝起自己的胜利。几乎是同时，整个游泳馆也沸腾了，欢呼声连成一片。

但是出乎意料，巨大的显示屏告诉人们：游出最好成绩的人并不是马特·比昂迪，而是一个叫安东尼·内斯蒂的选手，他以 0.01 秒的微弱优势荣获了男子 100 米蝶泳的冠军！

观众莫名其妙，开始是惊呆了，随后是一片哗然。这究竟是怎么回事？明明是煮熟的鸭子怎么就飞了呢？一定是显示屏出了故障！

赛场工作人员通过慢镜头反复回放了冲刺的情景，大家终于在显示屏上清楚地看到：在他们冲向终点的一刹那，马特·比昂迪并没有继续保持竞赛中的蝶泳状态，而是依靠自己游动的惯性滑到了终点；就在此时，安东尼·内斯蒂却奋不顾身地以蝶泳的最佳姿态冲向终点，以致险些撞到了前面的墙壁。正是在最后的关键时刻，安东尼·内斯蒂超过了马特·比昂迪，第一个到达了终点。这就爆出了那次比赛的最大冷门，人们称之为"0.01秒的奇迹"。

一位记者发表了这样的感慨：关键时刻不能回头看，因为对手随时都有可能超过自己。

在上海举行的世乒赛上，中国选手刘国正与德国选手波尔相遇。那是一场决定命运的淘汰赛，胜者将进入下一轮，负者将打道回府，失去继续参赛的机会。

两强相争，难分胜负。在决定胜负的第七局，刘国正以12比13落后，再输一分就将被淘汰。就在这关键的时刻，观众看到，刘国正的一个回球出界了！沸腾的赛场顿时静了下来，波尔的教练兴奋地站起身来，准备冲进赛场拥抱自己的弟子；刘国正愣愣地站在自己的球台旁边；许多观众似乎不敢相信眼前发生的一切。

就在裁判员即将做出裁决的关键时刻，波尔伸手指向自己的球台边，优雅地示意：这是一个擦边球，应该是刘国正得分。

就这样，刘国正不仅被对手从"悬崖边"救了回来，而且反败为胜。

这是一场震撼人心的经典之战！因为双方球艺高超，因为刘国正在绝境中坚忍不拔，更因为波尔那个优雅的手势。

当时，波尔只要赢一分，就可以顺利晋级。而准确判断那个球是不是擦边，就是差 0.01 厘米也不行。观众自然看不清，刘国正也看不准，即便是裁判员也有可能错判，但波尔却毫不犹豫地选择了主动示意。

赛后，记者们追问波尔："您为什么能这样做？"

他是那样的坦然和谦和，只是轻描淡写地说了一句："公正让我别无选择，公正让我不能差 0.01 厘米。"

有一位记者发表了这样的感慨：波尔虽然输掉了比赛，却赢得了敬重，因为他无私地捍卫了比赛的公正。

其实，每个人的一生中都会遇到许许多多、形形色色的关键时刻。我们不能不时刻提醒自己：勿以善小而不为，勿以恶小而为之。关键时刻一点也不能差，哪怕只差 0.01 秒也不行。关键时刻差一点也不行，哪怕只差 0.01 厘米也不行。因为，失之毫厘，谬以千里。

小事也能决定命运

见微知著，一叶知秋。一些不经意中流露出来的小习惯和小行为，往往能反映一个人深层次的素质，也能决定一个人的命运。

威廉·麦金莱是美国的第 25 任总统。有一次，他想从两个候选人中挑选出一个担任驻外大使。就在左右为难犹豫不决的时候，他忽然想起了几年前的一件小事：

那是一个风雨之夜，威廉·麦金莱和一个朋友一起上了公交车。朋友坐在前面，威廉·麦金莱坐在最后一排的座位上。过了一会儿上来一位老妇人，手里提着一个沉重的篮子站在前面的车门旁，但无人让座。这时威廉·麦金莱的朋友，就坐在老妇人的旁边。朋友不仅毫无让座的表示，而且还故意看起了报纸。最后，还是威廉·麦金莱起身上前，请老妇人坐到自己的座位上。而这个朋友，正是两位大使的候选人之一。

这位朋友做梦也不会想到，当时没有让座这件小事，竟然决定了自己没当成大使的命运。因为在威廉·麦金莱看来，这个朋友在做人方面有毛病，所以不能胜任驻外大使的工作。

有一家跨国公司的总经理，对一位刚从名校毕业不久的年轻人看法很好。总经理认为这个年轻人的工作特别努力，业务知识掌握得很全面，在待人接物方面也彬彬有礼，将来可能很有前途，是个可塑之才。于是，准备派其去欧洲培训两年，回来后再委以重任。

有一天，总经理偶然走在年轻人的后面，无意中发现，他故意将掉在走廊中间的一张废纸踢向旁边，而不是捡起来扔进近在咫尺的废物筒里。后来，总经理一连几天都留心观察年轻人的一举一动，结果发现：午餐后，这个年轻人没有将餐后用完的餐具放在指定的地点。

这位年轻人做梦也不会想到，生活中的区区小事，竟然使自己丢掉了极好的发展机会。因为在总经理看来，这样一个连起码的日常生活道德都不能自觉遵守的年轻人，不可能对企业高度负责，也不可能成为一名真正出色的管理者。于是，总经理改变了原来准备派他去欧洲培训的想法。

"勿以善小而不为，勿以恶小而为之。""小胜在智，大胜在德。""做事先做人。"这些都是古今中外普遍适用的至理名言，都是值得时刻牢记在心的至理名言。

管好自己的每一天

古今中外，无论是伟人还是凡人，只要是有所进步、有所成就、有所作为的人，都非常善于管好自己的每一天。

上承孔子之道，下启思孟学派的曾子，用"吾日三省吾身"来管好自己的每一天。他说："吾日三省吾身：为人谋而不忠乎？与朋友交而不信乎？传不习乎？"意思是："我每天必定从三个方面反省自己：替人谋事有没有不尽心尽力的地方？与朋友交往是不是有不诚信之处？师长传授的学问有没有复习？"

美国的著名政治家、外交家、发明家富兰克林，用"每日的十三条生活准则"来管好自己的每一天。其具体内容是：1. 节制——食不过饱，饮不过量。2. 寡言——除对别人或自己有益的话之外，不多说话，避免对人说空话。3. 秩序——用过的东西归还原处，做事情井然有序。4. 果断——该做的事，坚决执行；决定履行的，务必完成。5. 节约——不乱花钱，切戒浪费。6. 勤奋——不浪费时间，经常从事有意义的事情。7. 诚实——不欺诈，心地坦白，言行一致。8. 公正——不侵害别人，不因自己的失职，而使人遭受损失。9. 中庸——避免极端，责人从宽。

10. 整洁——身体、衣服以及居住的地方，保持整洁。11. 沉着——遇事不慌乱。12. 贞洁——端正言行，不损害自己的或别人的声誉。13. 谦虚——学习先哲的谦逊精神。他每天临睡前，总要对照"每日的十三条生活准则"逐条检查自己的思想与言行。

伟大的科学家、思想家爱因斯坦，用"每日的提醒"来管好自己的每一天。他说："我每天上百次地提醒自己，我的精神生活和物质生活都依靠别人（包括活着的人和死去的人）的劳动；我必须尽力以同样的分量来报偿我领受了的和至今还在领受的东西；我强烈地向往着俭朴的生活，并且常为感觉自己占有了同胞们过多的劳动而难以忍受。"

著名教育家、思想家陶行知，用"每日四问"来管好自己的每一天。其具体内容是：第一问：我的身体有没有进步？第二问：我的学问有没有进步？第三问：我的工作有没有进步？第四问：我的道德有没有进步？

一家连锁超市的普通打包员约翰，用"每日一得"来管好自己的每一天。他每天晚上都把学习到的名言警句用"每日一得"的形式打印出来，并在其背面签上自己的名字。当第二天给顾客打包时，他就把温馨、有趣、引人深思的"每日一得"纸条放入顾客的购物袋中。没过多久，奇迹出现了：一天，连锁店总经理到店里例行巡视，发现在约翰结账台前排队的顾客竟然比其他台前的多出3倍。总经理大声喊道："不要都挤在一个地方，请分散到其他结账台前排队。"但是，没有顾客走开。有的顾客说："我们排约翰的队，是因为我们想要他的'每日一得'。"有的顾客说："过去我一个星期才来一次商店，现在只要从这里路过就会进来。"

……

为什么古今中外的出类拔萃者都能从各自的实际出发，格外重视管好自己的每一天呢？

因为现代管理科学认为，对于处在不论何种位置的人来说，最难也最值得投入精力的，不是管好别人，而是管好自己，特别是管好自己的每一天。

因为不管好自己的每一天，就很难管好自己的每一月，就很难管好自己的每一年，就很难管好自己的一生。

因为不能管好自己的每一天，得过且过，不思进取，就不能管理好他人。其身不正，虽令不从。正如德国著名哲学家尼采所说："无法命令自己的人，只能听命于他人。"

排除 0.01 克的隐患

2012 年 7 月 14 日至 23 日，由北京军区严格选拔出的 5 名特种狙击手组成的中国代表队，参加了在哈萨克斯坦举行的"金鹰 -2012"国际特种狙击手比赛。此外，美国、俄罗斯、乌克兰及主办国哈萨克斯坦等 7 个国家的 16 支参赛队，也参加了本次比赛。

中国队教练、某特战旅副参谋长陈国韬说，这次选拔确定国际比赛队员时，模拟实战和国际比赛环境，采取"比武竞赛、层层选拔、优中选优"方法，经过多次边训边考边比，全程末位淘汰，最终选出 4 名出国参赛的正式队员和 1 名预备队员。可以说，每个队员都是百发百中的"枪王"。

但是在比赛的前一天，在中国队的两个参赛小组到比赛场地进行适应性训练的时候，出现了惊人的意外：在哈方提供的 1 个小时训练时间里，4 名中国队员的 100 发子弹竟无一上靶。这究竟是怎么回事？队员们一时感到非常茫然，不知所措。

一向一丝不苟高度敬业的常明，是中国队的俄语翻译。他一边翻看所用射击子弹的说明书，一边说出了自己的疑问："是不是子弹的问题？"

"对！"陈国韬教练盯着手中的子弹，果断地判定：问题很可能就出在哈方提供的"北约子弹"上。

问题很快查清楚了："北约子弹"的药量大、出速快，弹头重了0.01克。

原因找到了，问题立刻就迎刃而解了。中国队员调整了射击要领，重新开始了适应性训练。看到全部命中的试射结果，队员们都松了口气。

随后，中国队在持续10天的比赛中取得了优异的成绩。在主办国除外的参赛队排名中，中国队的两个狙击小组以绝对优势分别获得总分第一名、第二名。

哈方裁判由衷地赞扬道："中国军人，好样的！"中国队捧着冠军奖杯，开心地笑了。

弹头重了0.01克，使不知情的4名中国队员的100发子弹无一上靶；找到了原因之后，调整了射击要领，不仅试射时全部命中，而且夺得了"金鹰-2012"国际特种狙击手比赛的冠军奖杯。

即使是0.01克的隐患，也要彻底排除。因为在关键时刻，能否排除0.01克的隐患，足以决定能否击中目标，足以决定国际比赛的成败，足以决定战士的生死，足以决定战斗的胜负，甚至足以决定军队和国家的荣誉。

差一点与好一点

看过香港的赛马吗？

冠军和亚军的区别，也就是第一匹马和第二匹马之间的差别，可能相当微小，可能仅为 0.05 秒，以至于用肉眼根本看不出来，只有借助电脑等先进设备的帮助才能分辨清楚。但是，第一匹马和第二匹马的奖金却是大不一样的，甚至要相差几十万港币。

记得雅典奥运会的男子百米决赛吗？

2004 年 8 月 23 日，美国选手加特林以 9 秒 85 的成绩赢得冠军，葡萄牙选手奥比克维鲁以 9 秒 86 的成绩夺得银牌，美国选手格林以 9 秒 87 的成绩获得第三名。三个人的成绩，分别只差 0.01 秒。

一般地说，人们很容易记住第一名，可很难记住第二名，更不用说是其他名次了。比如，大家都能记住射击名将许海峰打破了中国奥运会冠军的零纪录，但很少有人记得谁是第二块金牌的得主。

知道下面的两组算式吗？

第一组算式是这样的：

只有埋头，才能出头，
埋头是原因，出头是结果，
埋头是积累，出头是必然。

在漫长的人生旅途中，
难免有崎岖和坎坷，
但只要有厄运打不垮的信念，
希望之光就会驱散绝望之云。

99%×99%=0.9801

99%×99%×99% ≈ 0.9703

99%×99%×99%×99% ≈ 0.9606

…………

从以上算式不难看出：无数个99%的乘积会越来越小。如果把工作标准看作是100%，那么99%代表的就是"少想一点""少做一点""比标准差一点"……乍看起来，99%和100%的差距并不大，但无数个这样"差一点"的集合体，就会使我们的工作结果距离目标越来越远。

第二组算式是这样的：

101%×101%=1.0201

101%×101%×101% ≈ 1.0303

101%×101%×101%×101% ≈ 1.0406

…………

从以上算式不难看出：无数个101%的乘积会越来越大。如果把工作标准看作是100%，那么101%代表的就是"多想一点""多做一点""比标准好一点"……乍看起来，101%和100%的差距并不大，但无数个这样"好一点"的集合体，就会使我们的工作结果超越目标越来越多。

在很多情况下，无论是个体还是集体，表面上是"差一点"，实际上却是差很多；表面上是"好一点"，实际上却是好很多。

尽管没有必要也不可能事事争第一，但应该千方百计地避免"差一点"，以避免差很多；竭尽全力地力争"好一点"，以力争好很多。

大事从小事开始

宋太祖赵匡胤和名将曹彬，都曾在周世宗柴荣的手下为官，但他们两人的官职相差悬殊，赵匡胤是位高权重的大将军，而曹彬只是一个无足轻重的负责掌管茶酒的小官。

有一天，赵匡胤来到曹彬处，一见面就以命令的口吻说："天太热，我渴了，你马上给我打一壶酒喝！"曹彬听后感到为难，因为朝廷有规定，不能把官酒私自送给任何人。可赵匡胤毕竟是赫赫有名的大将军，如果因为一壶酒而得罪了他，实在是不值得。当然，如果想讨好赵匡胤，曹彬私下里送给他一壶酒喝，一般也不会有人知道，即使知道了，也算不上什么大事。可曹彬偏偏是个一丝不苟、光明磊落的人，既不想坏了规矩，也不想为了一壶酒而惹得大将军不高兴。于是曹彬说："大将军，这官酒，我不能私下赠予您，请您稍候片刻。"赵匡胤正要发怒，只见曹彬从怀里掏出钱，交给属下说："快去帮我打一壶好酒来。"属下心领神会，很快就打了回来。

曹彬把酒倒进杯里，然后恭恭敬敬地请赵匡胤品尝。赵匡胤一饮而尽，连连赞道："好酒！好酒！"赵匡胤心想："这个区区小官儿既有原则又灵活，为人处世真是内方外圆啊！"

从那以后，赵匡胤想方设法地提拔曹彬，委以重任。曹彬也不负所望，为宋朝的建立屡屡立下了汗马功劳，成为彪炳史册的开国名将。

可以说，曹彬的这一壶酒，既赢得了一位贵人，又改变了自己的命运。

宋高宗赵构没有生育能力，没有孩子，只好在太祖赵匡胤的子孙中挑选太子。

选来选去，赵构比较满意的有两个孩子，即宋太祖赵匡胤七世孙伯玖和伯琮。经过反复权衡，赵构初定伯玖为太子，同时赏给伯琮三百两白银。

伯琮拿不动装白银的袋子，就彬彬有礼地请周围的人帮忙。赵构看在眼里，喜在心头，觉得伯琮待人谦和、友善。就在此时，一只猫跑到了伯玖脚边。得意忘形的伯玖觉得扫兴，凶狠地飞起一脚将其踢得老远。那猫摔得很惨，鲜血直流，奄奄一息。此时，赵构的脸色立刻变了，觉得伯玖脚太重，心太狠，太没仁爱之心。赵构想，伯玖对一只无辜的猫都如此残忍，对老百姓还能好到哪里去呢？于是，赵构决定改立伯琮为太子。伯琮即位后，成为历史上公认的一位较有作为的皇帝——宋孝宗。

可以说，伯玖这一脚踢丢了自己的太子宝位，踢丢了即将到手的江山，同时让伯琮顺理成章地取而代之。

一切大事，都是从微不足道的小事开始。坚持做好小事，大事就会光临；拒绝做好小事，大事势必远离。

先做好小事

先做好小事，是绝大多数人的明智选择。因为只有很少的人，才能做出惊天动地的丰功伟绩。但是，持之以恒地做好小事，也会有改变世界的力量。诺贝尔和平奖得主特蕾莎修女说得好："我们常常无法做伟大的事，但我们可以用伟大的爱去做些小事。"她的功绩足以证明：如果怀大爱心，做小事情，小事就会变得伟大，人格就会变得高尚。

先做好小事，是成长的必由之路。任何有成就的人，都有一个微不足道的开始，都不可能一开始就做大事。他们在被委以重任之前，都善于把小事做到极致，以此来证明自己的实力；越是在不起眼的位置，越能够主动发光。他们懂得，要想成就大事业，就必须先从小事做起。

先做好小事，才有机会做好大事。美国政府劳动部部长劳伦斯·米兰的第一份工作，是刷厕所的清洁工。她在给大学生演讲时曾说："就算一生刷厕所，也要做一名最出色的清洁工。"正是这句话，激励她拥有了令人羡慕的人生。能做好千万件小事的人，就一定能做好大事。

先做好小事，才有可能做好大事。小事是大事的开头，大事是小事的积累。天下难事必做于易，天下大事必做于细。小事成就大事，细节成就完美。不管做什么工作，把平凡的小事做到极致就是卓越。比尔·盖茨说得好："不要忽视小事。如果你想成就一番事业，就应该从一点一滴做起。"在这个世界上，所有伟大的事情都是从一点一滴做起的。

先做好小事，可以避免大的灾难。1485 年，英国国王理查三世在波斯沃斯战役中失败被俘。究其原因，其中很重要的一个，竟然是因为战马少钉了一个马掌钉。此后，流传下来一首名为《钉子》的短诗："丢失了一个钉子，坏了一只蹄铁。坏了一只蹄铁，折了一匹战马。折了一匹战马，伤了一位骑士。伤了一位骑士，输了一场战争。输了一场战争，亡了一个国家。"

其实，事业之大小，都是在发展变化的。坚持做好小事，小事业也会变大；拒绝做好小事，大事业也会变小。陶行知说得好："本来事业并无大小，大事小做，大事变成小事；小事大做，则小事变成大事。"

拿破仑有句名言："不想当元帅的士兵不是好士兵。"打败拿破仑的沙俄统帅库图佐夫也有一句名言："一个不想当好士兵的人，注定成不了称职的元帅。"如果说前者侧重于激励人们干好小事时要想干大事，那么后者则侧重于告诫人们想干大事时要先干好小事。

不要小看 30 天

有位观察者，对一个很大荷花池中的荷花每天开放的数量进行了统计：第一天，只有很少的荷花开放了；第二天，荷花开放的数量是第一天的两倍；第三天，荷花开放的数量是第二天的两倍……按此规律，到了第 29 天时，荷花池里的荷花开了一半。令人惊讶的是：到了第 30 天，荷花猛然开满了整个荷花池，一派生机盎然。观察者将此统计概括为："30 天荷花定律"。

从 "30 天荷花定律"，不禁想到了摩根和马特·卡茨的故事。

摩根是位身体非常健康、说干就干的青年。有一天，他突发奇想，开始了一日三餐都吃麦当劳、连续吃上 30 天的实验。他确实坚持吃了 30 天，并用摄像机记录了自己实验的全过程。

30 天之后，摩根的身体状况出现了显著的变化：不仅体重增加了 25 磅，约 23 斤，而且患上了轻度抑郁症，还出现了肝脏功能衰竭的症状。

马特·卡茨是位谷歌工程师、肥胖的宅男。他得知了摩根的实验结果后想：既然 30 天可以让一个健康的人变得不健康，那为什么不用 30 天使自己变得健康一些呢？于是，他给自己列了一份 30 天的变健康计划。他要求自己完成 4 项任务：坚持骑车上下班，每天走路 1 万步，每天拍一张照片，用 30 天时间写完一本 5 万字的自传；还要求自己坚持 4 个习惯：不看电视，不吃糖，不玩推特（相当于我们不刷微博），拒绝咖啡因。可以说，除了那本 5 万字的自传之外，其他 7 项都是非常小的挑战。即使是这本自传，平均到每天也不过是要写 1667 个字。

30 天后，马特·卡茨果然变成了一个有比较健康、乐观和有文采等优点的人。他颇有感悟地说："做有益的小事，完成既定的目标，30 天之后就会变得好些，就会感谢自己的努力。"

看来，无论是自然界还是人类社会的每个人，都遵循着由量变到质变的规律。不要小看一天一天、日积月累的变化，即使是在人生中不算漫长的 30 天，也足以让人出现或坏或好的显著变化。因此，"勿以善小而不为，勿以恶小而为之"这句话，至今依然是值得每个人铭记的箴言。

投豆修炼

赵概是北宋人，官拜观文殿学士。他待人仁慈宽厚，器量见识宏远。在殿中奏事，因德才突出，宋仁宗赵祯当面奖赐他金银锦帛。

赵概的德才兼备，得益于坚持多年的投豆修炼。他常备两个瓶子，用于严以律己。如果起了善念，做了好事，他就把一粒黄豆投入一瓶中；如果起了恶念，做了不好的事，他就把一粒黑豆投入另一瓶中。刚开始的时候，黑豆往往比黄豆多。他改过迁善，不断进步，瓶子中的黄豆渐渐多了，黑豆渐渐少了，终于成为德行高尚之人。

文彦博是北宋时期的著名政治家、书法家。他为官70年，出将入相50载，经历了仁宗、英宗、神宗、哲宗四朝。这在中国历史上绝无仅有，他被史学家誉为宋朝第一名相。

文彦博之所以创下了一生的辉煌，一方面是因为才华出众，另一方面则是因为修养过人。他小时候虽然读了很多圣贤书，但很顽皮，经常犯错，父亲为此忧心忡忡。为了加强对自己的监管，他想出了投豆修炼的办法：准备了两个罐子，平时做了好事，就在一个罐里放一粒红豆；做了不好的事，就在另一个罐里放一粒黑豆。他每天睡前统计红豆和黑豆的数目，以此鞭策自己。长此以往，他的红豆越来越多，黑豆越来越少。这种数豆子的"童子功"，让他受益终生。

赵概和文彦博青史留名的投豆修炼，足以说明：任何伟大与崇高的思想与行动，都有一个微不足道的开始。只要日复一日，月复一月，年复一年，持之以恒地将一个又一个平凡与渺小的开始积累起来，就一定会变得越来越接近伟大与崇高。

第四章

把一件事做到极致需要努力

在由失败通往胜利的征途上有座桥，那座桥叫努力。在由失败通往胜利的征途上有道河，那道河叫放弃。

梦想在努力的汗水中成真。成功就是一直在努力。

不可放弃的努力

　　有所不为，才能有所为。人生有很多可以放弃的东西，但万万不可轻言放弃的是：努力。

　　你是否知道大鱼和小鱼的习性？大鱼喜欢吃小鱼，小鱼总是躲避大鱼。有人曾经用这两种鱼做了一个实验：

　　用玻璃板把一个水池隔成两半，把一条大鱼和一条小鱼分别放在玻璃隔板的两侧。开始时，大鱼要吃小鱼，飞快地向小鱼游去，可一次次都撞在玻璃隔板上，游不过去。过了一会儿工夫，大鱼放弃了努力，不再向小鱼那边游去。更有趣的是，当实验者将玻璃隔板抽出来之后，大鱼也不再尝试去吃小鱼了！大鱼失去了吃掉小鱼的信心，放弃了努力。

　　其实，作为万物之灵的人，有时也会犯大鱼那样的错误。记得 4 分钟跑完 1 英里的故事吧？自古希腊以来，人们一直试图达到 4 分钟跑完 1 英里的目标。为了达到这个目标，人们曾让狮子追赶奔跑者，也曾喝过真正的老虎奶，但是都没实现目标。于是，许许多多的医生、教练员和运动员断言：人在 4 分钟内跑完 1 英里路程是绝对不可能的，因为，我们的骨骼结构不对头，肺活量不够大，风的阻力又太大。理由实在很多很多。

然而，有一个人首先创下了4分钟跑完了1英里的纪录，证明许许多多的医生、教练员和运动员的断言都错了。这个人就是罗杰·班尼斯特。更令人惊叹的是，一马当先竟引来了万马奔腾。在此之后的一年里，又有300名运动员在4分钟内跑完了1英里的路程。

训练技术并没有重大突破，人类的骨骼结构也没有大的改变，数十年前被认为是根本不可能的事情，为什么今天变成了现实？是因为有人没有放弃努力，是因为有了榜样的力量。

在由失败通往胜利的路上，有时候障碍的确存在，甚至很多；但有时候障碍已经消失，或已在不知不觉中被我们克服，可我们还误认为障碍仍然存在，不可逾越。可以说，有好多障碍并不是存在于外界，而是存在于我们的心里。

几乎每个胜利者，都曾经是个失败者。胜利者与失败者的重要区别是：胜利者屡败屡战，决不轻易放弃努力；失败者偶遇挫折，就很快放弃了努力。

在由失败通往胜利的征途上有道河，那道河叫放弃。

在由失败通往胜利的征途上有座桥，那座桥叫努力。

一步改变一生

那一天风和日丽，在黄土高原一个偏僻的小山村里突然开进一辆漂亮的轿车。这对成年累月也听不见机器声的小山村来说，可是一件新鲜事。全村的人几乎都走出家门，围在轿车的周围，想看看究竟会发生什么事情。

在从车上走下的几个人中，有一个留着短发、身穿灰夹克的中年男子问大家："你们想不想去拍电影？谁想拍电影就站出来报个名。"

虽然每个村民都看过电影，但对怎么拍电影却知之甚少，到哪儿去拍？怎么拍？好多村民都向周围的人询问或自言自语。

那中年男子一连问了几遍，村民们就是没有人搭腔。这时，一个十几岁的小女孩向前迈出一步，站了出来："我想去拍。"小女孩长得并不很漂亮，单眼皮儿，小眼睛，脸蛋红扑扑的，透出一股山里孩子特有的倔强和淳朴。

"你会唱歌吧？"中年男子问。

"会！"女孩子大大方方地回答。

"那你现在就唱一个给我们听听。"

"唱就唱。"女孩儿毫无惧色，一边唱还一边跳，"我们的祖国是花园，花园的花朵真鲜艳……"

村民们大笑，因为她的歌唱得实在不怎么好听，不但跑了调，而且唱到一半时还忘了词儿。

没想到中年男子却用手一指，斩钉截铁地说："好，就是你了！"

这个中年男子，就是大名鼎鼎的电影导演张艺谋，而那个勇敢地向前迈出一步的女孩子，就是在电影《一个都不能少》中出任女主角的魏敏芝。

虽然魏敏芝只向前迈出了一步，却改变了自己的一生。她的名字很快就传遍大江南北，长城内外。

时间过得真快，一晃就是几年！昨天看电视，在中央台的文艺频道中又见到了魏敏芝，她已经是个亭亭玉立的大学生了。当年那些没向前迈出一步的小伙伴，依旧生活在那个偏僻的小山村。主持人请她讲述了拍电影前后的巨大变化，讲述了成为"名人"前后的种种感受……

我一边看电视一边想，机遇真是偏爱有勇气的人，幸运真是关照有勇气的人。卢斯说："勇气是一架梯子，其他美德全靠它爬上去。"丘吉尔也说："勇气很有理由被当作人类德性之首，因为这种德性保证了所有其余的德性。"看来，一个成功者和失败者的区别，往往不在于视野的宽窄，能力的大小，经验的多少，而在于能不能在关键时刻有勇气向前迈出一步。

成功属于屡败屡战的人

古今中外许多著名作家的作品，甚至包括传世之作，其出版面世的过程也并不都是一帆风顺的。

赫尔曼·麦尔维尔是美国著名的作家，《白鲸》是其浪漫主义小说最重要的作品。1851 年，寄给出版社的《白鲸》终于有了回信，他兴奋地打开信一看，完全出乎意外，是一封退稿信，上面写道："十分遗憾，我等一致反对出版大作，因为此小说根本不可能赢得广大青少年读者的青睐。作品又臭又长，徒有其名而已。"

瓦尔特·惠特曼是美国 19 世纪最杰出的大诗人。1855 年，其作品《草叶集》被退回，退稿信上写道："窃以为出版大作当属不甚明智之举。"

福楼拜是法国著名的小说家。1856 年，其作品《包法利夫人》被退回，退稿信上写道："整部作品被一大堆甚为精彩但过于繁复累赘的细节描写所淹没。"

约·罗·吉卜林是英国第一位荣膺诺贝尔文学奖的作家。1889 年，其作品《无题》被退回，退稿信上写道："很抱歉，吉

任何一日成名，都是数年积累的结果；
任何伟大，都是渺小积累的结果；
任何成功，都是不断积累的结果。

任何平凡的工作，
任何看起来微不足道的工作，
甚至在许多人眼里是很卑微的工作，
都可以成为辉煌人生的腾飞起点。

卜林先生，您根本不知道怎样使用英语写作！"

杰克·伦敦是美国著名批判现实主义作家。1900 年，其作品《生活之法则》被退回，退稿信上写道："令人生畏，使人沮丧。"

詹姆斯·乔伊斯是英国名作家，是 20 世纪最重要、最有影响的小说家之一。1922 年，其作品《尤利西斯》被退回，尽管退稿信写得比较婉转、客气，但想要出版则是绝对不可能的。

劳伦斯是英国现代小说大师。1928 年，其作品《查泰莱夫人的情人》被退回，退稿信上写道："为了大师的自身利益，请勿发表这部小说。"

儒勒·凡尔纳是赫赫有名的科幻小说之父，可他的第一部科幻小说《乘气球五周记》，屡投屡败，竟被 15 次退稿，气得他差一点把稿子投进壁炉烧掉。

世界短篇小说大师莫泊桑，在他的成名作《羊脂球》发表之前，已经写了多少没能被发表的作品呢？其稿纸累积起来足有写字台那么高。

当今我国的著名作家贾平凹的写作之路，起初也是相当艰苦的。他起初寄往四面八方的小说稿，被一件又一件接连不断地退回，数一数竟有 127 件之多。

诸如此类，不胜枚举。

其实，无论是哪个领域的成功者，他们都是不怕失败的人。勃朗宁说得好："一时的成就是以多年失败为代价取得的。"不错，成功属于屡败屡战的人。

尽力而为还不够

在美国西雅图的一所著名教堂里，有一位德高望重的牧师——戴尔·泰勒。

有一天，他向教会学校一个班的学生们讲了下面这个故事。

那年冬天，猎人带着猎狗去打猎。猎人一枪击中了一只兔子的后腿，受伤的兔子拼命地逃生，猎狗在其后穷追不舍。可是追了一阵子，兔子跑得越来越远了。猎狗知道实在是追不上了，只好悻悻地回到猎人身边。猎人气急败坏地说："你真没用，连一只受伤的兔子都追不到！"

猎狗听了很不服气地辩解道："我已经尽力而为了呀！"

再说兔子带着枪伤成功地逃生回家了，兄弟们都围过来惊讶地问它："那只猎狗很凶呀，你又带了伤，是怎么甩掉它的呢？"

兔子说："它是尽力而为，我是竭尽全力呀！它没追上我，最多挨一顿骂，而我若不竭尽全力地跑，可就没命了呀！"

泰勒牧师讲完故事之后，又向全班郑重其事地承诺：谁要是能背出《圣经·马太福音》中第五到第七章的全部内容，他就邀请谁去西雅图的"太空针"高塔餐厅参加免费聚餐会。

《圣经·马太福音》中第五章到第七章的全部内容有几万字，而且不押韵，要背诵其全文无疑有相当大的难度。尽管参加免费聚餐会是许多学生梦寐以求的事情，但是几乎所有的人都浅尝辄止，望而却步了。

几天后，班中一个 11 岁的男孩，胸有成竹地站在泰勒牧师的面前，按要求从头到尾地背诵下来。他背得那么好，竟然一字不漏，没出一点差错。他的背诵听起来那么美妙，简直就是声情并茂的朗诵。

泰勒牧师比别人更清楚，就是在成年的信徒中，能背诵这些篇幅的人也是罕见的，何况是一个孩子。泰勒牧师在赞叹男孩那惊人记忆力的同时，不禁好奇地问："这么长的文字，你是怎样背下来的？"

这个男孩不假思索地回答道："我竭尽全力。"

16 年后，这个男孩成了世界著名软件公司的老板。他就是比尔·盖茨。

泰勒牧师讲的故事和比尔·盖茨的成功背诵对人很有启示：每个人都有极大的潜能。正如心理学家所指出的，一般人的潜能只开发了 2%—8%，像爱因斯坦那样伟大的大科学家，也只开发了 12% 左右。一个人如果开发了 50% 的潜能，就可以背诵 400 本教科书，可以学完十几所大学的课程，还可以掌握 20 来种不同国家的语言。这就是说，我们有 90% 的潜能还处于沉睡状态。谁要想出类拔萃、创造奇迹，仅仅做到尽力而为还是远远不够的，特别是在关键时刻，还必须竭尽全力。

勤奋才能出类拔萃

　　法国雕塑家罗丹（1840—1917）在艺术的巅峰时期，产生了一个强烈的创作愿望，就是给著名的作家巴尔扎克做个塑像。由于他比巴尔扎克小41岁，对其许多情况自然很不熟悉。为了做好创作的充分准备，他访问了巴尔扎克的故乡，收集了巴尔扎克从幼年到临终前的许多照片，还反复阅读了巴尔扎克的许多作品。然后，他根据巴尔扎克不同时期的照片雕塑了一个个胸像。在完成上面的工作以后，罗丹感到，用胸像来表现巴尔扎克的形象还远远不够。他决定雕塑一座巴尔扎克的全身像，但最大的困难是没有巴尔扎克身体各部分长短肥瘦的数据。于是，他几乎跑遍了巴黎的所有成衣铺，查了几万张单据，总算查到了有关巴尔扎克身材的可靠的数据。前后经过7年多的努力，罗丹终于成功地完成了在雕塑史上占有重要地位的杰作——巴尔扎克的全身塑像。

　　俄国画家列宾（1844—1930），为画好《涅瓦河边的普希金》，阅读了普希金大量的诗文和相关的历史书籍，进行了长时间的构思，画了数百张草图。在各种草图上，他描绘了在各种背景下普希金的不同姿态和神情：有在涅瓦河岸岩石上坐着沉思的普希金；有在金色阳光照耀下的涅瓦河边兴致勃勃地漫步的普希金；有在涅瓦河边农舍里跟老农促膝谈心的普希金……为了确立和深化主题，列宾反复修改草图，前后花了长达 20 年的时间，终于成功地完成了在绘画史上占有重要地位的杰作——《涅瓦河边的普希金》。

古往今来，不只是罗丹和列宾为自己的杰作付出了多年的辛劳和汗水，还有许许多多的传世之作也都是作者多年辛劳与汗水的结晶。请看：

李时珍写《本草纲目》用了 7 年。

曹雪芹写《红楼梦》用了 10 年。

左思写《三都赋》用了 10 年。

司马迁写《史记》用了 15 年。

达尔文写《物种起源》用了 20 年。

徐霞客写《徐霞客游记》用了 34 年。

哥白尼写《天体运行论》用了 36 年。

托尔斯泰写《战争与和平》用了 37 年。

马克思写《资本论》用了 40 年。

摩尔根写《古代社会》用了 40 年。

歌德写《浮士德》用了 60 年。

……

一日之计在于晨，一年之计在于春，一生之计在于勤。对于大部分人来说，只有经过持之以恒的勤奋，才能真正走上有所作为、出类拔萃之路。因为，勤奋是好运与成功之母。

不努力就不会出头

李昌钰是美国警界有史以来职位最高的亚裔执法官员。他参与了美国及世界 17 个国家 6000 多起重大刑事案件的调查和侦破。在震惊世界的"肯尼迪暗杀案"、"克林顿性丑闻案"、"辛普森杀妻案"等大案要案的调查和侦破中，都留下了他明察秋毫的睿智和不受外力所干扰的独到见解。他开创了科学证据定罪的先河，被誉为"物证鉴识大师""现场重建之王""现代福尔摩斯""犯罪克星"。

许多人都知道，在看起来人人平等的美国，有一个无形的限制：如果不是白人，奋斗到一定的地位与层次，几乎就再也上不去了。但是，李昌钰却打破了这个惯例。1998 年 7 月，他在康州州长的邀请下出任警政厅厅长，成为美国警界职位最高的亚裔人士。

李昌钰究竟有着怎样传奇的人生经历呢？

1938 年 11 月，李昌钰出生在中国江苏省如皋县，4 岁那年随父母举家迁居台湾。由于父亲在海上遇难，全家 13 个孩子全由母亲一人抚养，家境甚为贫寒。他只有一双鞋，常常是赤脚上学，到了学校门口才穿上。为了省钱，1956 年，18 岁的他考入了台北中央警官学校，毕业后做了一名普通警察。

1964 年，李昌钰和夫人带着两只箱子赴美国留学。下飞机时，他身上只有 50 美元。为了凑足学费，他半工半读，一度身兼数职。他做过餐馆的服务员、证券行的小职员，还教过中国功夫。这样的生活持续了十年，但他却用两年半的时间修完了四年的大学课程。美国的大学毕业典礼需要学生自己掏腰包，他没有钱参加学校的毕业典礼，于是将毕业典礼放在家里举行。

1975 年，他在获得纽约大学生物化学及分子化学硕士和生化博士学位之后，应聘康州纽海芬大学，两年后升为终身教授及系主任。他高兴地告诉妻子宋妙娟，现在可以叫他李博士或者李教授了。

1979 年，康州州长邀请李昌钰担任康州刑事鉴识中心主任，不过每年的薪水将至少减少两万美金。他的母亲告诉他，钱多钱少没关系，为中国人争口气是最重要的。李昌钰上任后，果然以精湛的鉴定技术屡破奇案，逐渐成为享誉全美的警界精英。

有人曾向李昌钰请教："怎样才能将梦想变成现实？"

他回答说："现在很多人把我说得太神奇、太超乎寻常了。其实自己是个普通人，靠的是不断接受最新的科技，靠的是勤奋努力，靠的是团队精神。人生要有目标，要有理想，这样才能将昨天的梦想变成今天的现实。"

也有人曾向李昌钰请教："成功是不是主要靠运气？"

他回答说："运气固然很重要，但更重要的是能够坚守理想，知难而上，知其不可为而为之。只有这样，你才能成功。"

还有人曾向李昌钰请教:"成功的秘诀是什么?"

他用 49 个字道出了走向成功之路的关键所在:"确定人生的目标,培养强烈的欲望,运用潜在的意识,训练合理的判断,建立创造的信心,不断地自我改进,有效地利用时间。"

他特别强调:"勤精建业。如果你的努力不如别人多,就永远不会有出头的机会。"

老茧作证

1904 年，原一平出生于日本长野县。23 岁时，他离开长野县到东京谋生。30 岁时，他步入明治保险公司，成为一名"见习业务员"。

1936 年，大家对年仅 32 岁的原一平刮目相看了，因为他取得了全日本同行业销售业绩的第一名。36 岁时，他被誉为日本的推销之神，成为全日本人寿保险推销员协会的会长。他因对日本寿险的卓越贡献，获得了日本政府颁发的人寿保险最高殊荣奖，并且成为美国百万圆桌协会的终身会员。

在一次大型演讲会上，台下有数千人静静地等待着原一平的到来，渴望能聆听到他获得成功的秘诀。10 分钟之后，原一平终于来到了会场。他走上讲台，坐在椅子上，但一句话也不说。半个小时过去了，有人等得不耐烦了，陆陆续续地离开了会场。1 个小时过去了，他仍然坐在椅子上，还是一句话也不说。会场上的大部分人已经走了，只剩下了十几个人。

此时，原一平终于开口说话了。他说："你们是一群求知欲和忍耐力最强的人，我愿意同你们一起分享我成功的秘诀。但不是在这里，而是在我住的宾馆。"于是，十几个人都跟着他走了。

到了宾馆的房间后，原一平脱下外套，脱掉鞋子，坐在床上，把袜子也脱了，然后把自己的脚板亮给十几个人看。人们看到，原一平的双脚布满了老茧，有厚厚的3层。原一平说："这就是我成功的秘诀。所谓的推销之神，其实是靠勤奋跑出来的。"

美国著名的作家和演讲家莱斯·布郎先生，也曾用自己的老茧向别人介绍成功的秘诀。

在一次演讲会上有人问他："众所周知，如今您的演讲酬金高达每小时2万美元。您演讲成功的秘诀是什么呢？"

他指了指左耳上厚厚的老茧，语重心长地说："我初涉演讲界时，一没名气，二没资历，更缺乏个人魅力和经验。可我决心在这个领域里干出点名堂来，不达目的决不罢休。于是，我一天到晚不断地给演讲界的众多名人打电话，虚心向他们学习演讲技能，请求他们帮助联系演讲业务。成名初期，我每天至少打100多个电话，请求各位老师给我机会到他们那里演讲，以便接受他们的指导……这个老茧就是我成功的见证和记录。"

原一平和莱斯·布郎先生都告诫渴望知道他们成功秘诀的人：无论时代怎样发展，无论社会怎样进步，勤奋永远都是任何成功人士所必备的品质。勤奋，自然会让人感到很辛苦，甚至会很痛苦，但是，如果把工作变成可爱的事业，也就苦中有乐了。勤奋虽然不能保证一个人必定成功，但不勤奋却必定不能成功。

力气是才气和运气之母

二月河，本名凌解放，著名的小说作家，主要著作有：《康熙大帝》《雍正皇帝》《乾隆皇帝》《匣剑帏灯》《二月河语》等。他的书本本畅销，有的被香港和台湾的出版社推出了中文繁体版，有的被改编为电视剧热播。他的名字广为人知，被誉为写皇帝的"专业户"。曾有人这样说："华人在哪里，二月河的读者和观众就在哪里。"

但是，享誉海内外的二月河却只有高中学历。在老师眼中，二月河并不是一名好学生，因为从小学到中学，他都有留级的经历，直到二十三岁才高中毕业。

二月河对自己中学的学习生活做了这样的总结："一塌糊涂数理化，一枝独秀是文史。"他从小痴迷《水浒传》《西游记》等中国古典名著，业余时间都用来读课外书，吃饭时读，躺在床上读，遇到别人催着还书的时候，甚至在课堂上读。

可以说，二月河数十年来坚持钻研《史记》《资治通鉴》《二十四史》等各类古籍，对中国各个朝代的社会制度和各种社会关系具有深刻的理解和把握。

尽管二月河二十岁留级，三十岁当兵，四十岁写作，没有学历、没有背景、不再年轻，也不是比别人聪明，但他身上有着常人不具备的勤奋、专心和毅力。

二月河这样比喻自己的写作生活："每写一部书，就等于穿越一片大沙漠，确实感到寂寞而空寥，完全是一个独行客。当然，在行进中也能找到自己的乐趣。有些地方写起来很困难，感觉就像是在沙漠里边。绕过去，就有一片绿洲在等待着自己。"

熬夜写作，对二月河来说几乎是家常便饭。实在瞌睡难耐时，他就用烟头烫自己的胳膊，用以驱赶疲惫。当写完《康熙大帝》第一卷的时候，他因劳累过度得了"鬼剃头"。女儿摸着他的头，心痛且幽默地说："这一块像尼加拉瓜，这一块像苏门答腊，这一块像琉球群岛。"

2000年，二月河又因写作过度劳累引起中风。《乾隆皇帝》这部书，最后完成于病榻之上。大病痊愈后，他不得不远离了大部头的写作生涯。

凤凰卫视电视台的记者许戈辉曾问二月河："你的学历不高、起步也很晚，为什么你的写作能取得这么大的成就？"

他说："力气第一，首先要归功于力气，然后才是一点点的才气和自己无法掌握的运气。关键时刻咬着牙，忍着痛苦，也要把自己能做的事情做好。我想，这样才能不辜负父母的教诲，不辜负祖宗的重托，不辜负来人世走一遭。"

二月河说得好啊！在日常生活中，对于大多数人来说，靠才气和运气可以做到的事情，靠力气同样可以做到；靠才气和运气做不到的事情，靠力气仍然可以做到。力气是才气和运气之母。

努力了就不会太差

家境不富裕的国妍妍同学，很要强，不服输。遗憾的是，只因为几分之差，她没能考上重点高中。

妈妈心疼地安慰说："妍妍，别再为没考上重点高中着急上火了。女孩子少读几年书也不算什么，无非是在家里干几年活。将来找个好人家，把你嫁出去，安安稳稳地过日子。"

国妍妍不甘心，下决心到技校去学习。她对妈妈说："我学三年就能毕业，毕业后就能帮上家里了。"

2009 年，国妍妍走进了哈尔滨劳动技师学院，学习速录专业。速录是古老的"速记"专业在新时代的发展，是用计算机同声记录别人的讲话，将语音实时打成文字，然后将文字整理成文稿的一项专业技能。

刚入学的时候，由于接触不到计算机，国妍妍就把计算机的键盘画在纸上，在纸键盘上刻苦地练习。有了计算机之后，她如获至宝，爱不释手，学习的劲头几乎到了废寝忘食的地步。晚上，寝室熄灯后，为了不影响同学休息，她就在走廊练，在洗漱房练，在路灯下面练，随便找个地方就练……有些同学不理解，甚至说她"走火入魔了"。她则平静地说："我没有别人聪明，只能比别人付出得更多。"

功夫不负有心人，付出与回报成正比。日复一日，月复一月，年复一年，国妍妍的录入速度越来越快，也越来越准确，即使带上眼罩盲打也可以毫不减速。她每天都持之以恒地练啊练啊，打呀打呀……突然有一天，她惊喜地发现，自己的脑袋竟然跟不上手了，录入的速度简直比想的还要快！此时此刻，她感到特别的享受，特别的完美，特别的幸福！

2011 年 7 月 10 日至 15 日，国际信息处理联合会在法国巴黎举行了第 48 届国际速记大赛。可以说，国际速记大赛是速记界的"奥林匹克"。美国、法国、德国和日本等 26 个国家的 330 名选手参加了大赛，中国也派出了由 17 名选手组成的代表队参加了大赛，国妍妍便是其中的一位。在这次大赛中，她荣获了速记青年组季军，荣获了信函与摘要组季军。

2013 年，国妍妍毕业后，破格地被哈尔滨劳动技师学院留下任教。

不久前，面对中央电视台的采访记者，她深有感触地说："努力了不一定能成功，但不努力却一定不能成功。只要过程努力了，结果就不会太差。"

努力比聪明更重要，努力比智力更可靠。在一个领域或行业里有所成就的人，往往主要不是靠聪明，而是靠努力。梦想，只有在努力的汗水中浸泡才会成真。

其实，不管是谁，如果能努力到专注的程度，把精力专注于一个点上，就一定会创造出连自己都会感到意外和吃惊的成绩。

因为一切事业成功的奥秘，就是两个字：专注。

　　重复的事情不停地做，就会成为专家；重复的事情专注地做，就会成为大家。专注地做好自己最喜欢的一件事，收获的不只是一棵树，而是一片森林。

袁隆平回答的成功秘诀

2019年9月17日，杂交水稻之父袁隆平被授予"共和国勋章"。

西南大学农学与生物科技学院的同学们得知这一消息后，给这位老学长写了一封表达敬意的信，同时向袁老请教：在科研道路上的成功秘诀是什么？

9月26日，农学与生物科技学院的同学们收到了袁老的视频回信。此视频中，90岁的袁老分享了自己的成功体会。现将袁老视频中的语音整理如下：

有人问我，你成功的秘诀是什么？我想，我没有什么秘诀。在禾田道路上，我的体会有八个字：知识、汗水、灵感、机遇。

第一是知识。知识是基础。比如我们做遗传学的研究，专业方面的知识就要比较深厚。

第二是汗水。我们是做应用科学研究的，要实干苦干，才能实践出真知。书本知识很重要，电脑技术也很重要，但书本上种不出水稻，电脑上也种不出水稻，只有在试验田里面才能长出我所希望的水稻。

每个人永远没有时间做好每一件事，
但永远有时间做好最重要的一件事；
每个人不可能把每一件事都做成经典，
但有可能把一件事做成经典。

人生真正的赢家，
并不是掌握的技能多和杂，
而是少而精。

第三是灵感。灵感人人有，什么叫灵感呢？实际上就是思想火花，往往是山重水复疑无路，突然思想来了，灵感来了，就柳暗花明又一村。希望大家不要放过这个思想火花，把它记好。

最后是机遇。有一句话叫作"机遇宠爱有心人"。韩愈有一篇文章说："世有伯乐，然后有千里马。千里马常有，而伯乐不常有。"这说明，好的机会都有，但不是有心人，没有经验，没有追求，这个机会就放过了。我举一个例子，我们发现雄性不育野生稻，这是一个好的机遇。野生稻原来到处都有，不育野生稻也有。我们是有心人，在寻找、采集野生稻过程中发现了这个机遇。找到雄性不育野生稻，就为杂交水稻研究成功打开了突破口。所以说大家要做有心人，好机会总会有的，不要放过。

袁隆平回答的成功秘诀，可以用一个公式来概括：知识＋汗水＋灵感＋机遇＝成功。

努力请从今日始

文嘉是明代才子，善于书画，是吴门派画家代表人物文徵明的次子。他写下了三首珍惜每一日的诗歌。请看：

昨日歌

昨日复昨日，昨日过去了；昨日没干好，今日徒懊恼；世人但知悔昨日，不觉今日消失了。江水日月流，花落知多少，成事立业前车鉴，莫在那里悔恨了。

今日歌

今日复今日，今日何其少！今日又不为，此事何时了？人生百年几今日，今日不为真可惜！若言姑待明朝至，明朝又有明朝事。为君聊赋《今日诗》，努力请从今日始！

明日歌

明日复明日，明日何其多。我生待明日，万事成蹉跎。世人苦被明日累，春去秋来老将至。朝看水东流，暮看日西坠，百年明日能几何，请君听我《明日歌》。

关于《明日歌》的作者，有两种版本，一为明代状元钱福（1461—1504），一为明代文嘉（1501—1583），前者离世时后者才3岁。如两种版本确有联系，钱福的《明日歌》是首创，文嘉的《明日歌》是修改而成。

清代诗人、散文家袁枚，将昨日、今日和明日连起来思考，写下了《对日歌》："昨日之日背我走，明日之日肯来否？走者删除来者谁？惟有今日在我手。"

《昨日歌》《今日歌》《明日歌》和《对日歌》，从不同的视角给人一个共同的启示：努力请从今日始！因为，过去的"昨日"不能唤回来，将来的"明日"还不实在，唯有"今日"在我手。没有人能生活在"昨日"，也没有人能生活在"明日"，最宝贵的莫过于"今日"。

"莫轻视此身，三才在此六尺；莫轻视此生，千古在此一日。"说得妙！不要轻视自己的身体，天地人的精华就在这六尺之躯凝聚；不要轻视自己的生命，千古流芳的伟业就在一天天中完成。

第五章

把一件事做到极致需要坚持

南宋的罗大经说:"一日一钱,千日千钱。绳锯木断,水滴石穿。"法国微生物学家、化学家巴斯德说:"告诉你使我达到目标的奥秘吧,我唯一的力量就是我的坚持精神。"

你今天的日积月累,迟早会成为别人的望尘莫及。

奥　秘

开学的第一天，古希腊大哲学家苏格拉底对学生们说："今天咱们只学一件最简单也是最容易做的事儿。每人把胳膊尽量往前甩，然后再尽量往后甩。"说着，苏格拉底做了一遍示范。

苏格拉底笑着问："从今天开始，每天做 300 下。大家能做到吗？"

学生们都笑了。这么简单的事，有什么做不到的？

过了一个月，苏格拉底问学生们："每天甩手 300 下，哪些同学坚持了？"有 90% 的同学骄傲地举起了手。

又过了一个月，苏格拉底又问："每天甩手 300 下，哪些同学坚持了？"这回，坚持下来的学生只剩下八成。

一年过后，苏格拉底再次问大家："请告诉我，最简单的甩手运动，还有哪几位同学坚持了？"这时，整个教室里，只有一人举起了手。这个学生就是后来成为古希腊另一位大哲学家的柏拉图。

世间最容易的事是坚持，最难的事也是坚持。说它最容易，是因为只要愿意做，人人都能做到；说它最难，是因为真正能做到的，终究是极少数的人。

任何伟大的事业，常成于坚持不懈，毁于半途而废。

任何伟大的事业，都不是靠一时的力量，而是靠长期的坚持来完成的。

任何伟大的事业，都有一个看来是微不足道的开始。要使理想的宫殿变成现实的宫殿，必须通过长期不懈地埋头苦干，一砖一瓦地去建筑。

人生就像马拉松赛跑一样，只有坚持到终点的人，才有可能成为真正的胜利者。

巴斯德曾这样说过："告诉你使我达到目标的奥秘吧，我唯一的力量就是我的坚持精神。"

成功有一个知易行难的奥秘：坚持。

贵　恒

天下无难事，只怕有恒人；天下无易事，只怕浮躁人。鲁迅先生早就说过："做一件事，无论大小，倘无恒心，是很不好的。"

郑板桥在自己的一首诗中道出了持之以恒画竹的体会："四十年来画竹枝，日间挥写夜间思。冗繁削尽留清瘦，画到生时是熟时。"恒心是达到胜利彼岸的最可靠的通道。

牛顿说过："一个人没有恒心，他是任何事也做不成功的。"医学史上曾有一种叫"606"的药品。试验这种药品失败过605次，直至第606次才获得成功。试想，研制这种药品的人，如果只试验几次、十几次或几十次，甚至到605次便止步不前，岂不前功尽弃？

美国生物学家吉耶曼和沙得等人，克服了重重困难，顽强地进行下丘脑激素的研究工作。他们在实验中一个接一个地处理过27万只羊脑之后，才获得1毫克"促甲状腺释放因子"的样品。他们持之以恒、百折不挠，终于成功地发现了脑激素，并因此共同荣获了1997年诺贝尔奖。后来有人问吉耶曼和沙得："什么叫坚忍不拔？什么叫持之以恒？"他们回答说："那就是逐个地分析 100 万只羊脑。"

我国教育家陶行知很推崇爱迪生的一句名言:"天才是劳动而有恒心。"

他还经常给学生形象地解释:"人才的'人'字上加一横,便成为'大才',这一横意味着劳力加劳心的主观勤奋精神。如果'大'字上再加一横,就成为出类拔萃的'天才',这是人双倍努力的结果。"

人有恒心万事成,人无恒心万事崩。祖先创造"人"字的时候,就希望后人能像"人"一样,挺拔向上,而人挺拔向上的可贵之处正是有恒。

一日一钱,千日千钱。绳锯木断,水滴石穿。只要有恒心,成功迟早会来临。成在恒,贵在恒,难也在恒。行事贵有恒,久久自芬芳。

成功蕴含着执着

爱因斯坦上小学的时候，美丽且善良的女老师在手工课上布置了一个作业：课后每个同学做一件简单的日常生活用具，下周上手工课时交齐。

转眼之间就到了交手工作业的日子，同学们都争先恐后地向老师交上自己的作业，可只有爱因斯坦犹豫不决，没有立刻交上来。老师望着这个数学、几何都非常出色的小男孩，相信他一定会交上一件相当不错的作品。

出乎老师的意料，爱因斯坦交上来的是一只做得很粗糙的木板小凳，有一条凳腿显然是钉偏了。

教师和气地问："就这个吗？"

爱因斯坦不好意思地点点头。

不知哪个同学说："你们谁见过这么糟糕的凳子？"

也不知哪个同学接着说："我想，世界上不会有比这更差劲的凳子了。"

话音刚落，引起了一阵哄笑。

爱因斯坦的脸红红的，但肯定地对老师说："有，老师，有的，还有比这更不好的凳子。"

教室里一下子静起来，大家都迷惑不解地望着爱因斯坦走回自己的座位。然后，他从书桌下面拿出两只更为难看的木板小凳，说："这是我第一次和第二次做的，刚才交给老师的是第三次做的。交上去的，连我自己都不满意，可是比起前两次做的总要强一些。现在我做得确实不好，但我在不断地进步！如果有时间，我还会做第四次、第五次、第六次……直到让老师和同学们都感到满意。"

老师满意地向爱因斯坦点点头，同学们也向他投去理解、赞许和敬佩的目光，没有人再嘲笑他了。

老师把爱因斯坦做的木板小凳放在讲桌上，拿起粉笔，在黑板上给全班同学写下了这样一首小诗：

> 每一个坎坷，
>
> 都考验你我；
>
> 每一个春天，
>
> 都绽放花朵；
>
> 每一个明天，
>
> 都靠今天把握；
>
> 每一个成功，
>
> 都蕴含着执着。

埋头才能出头

在我国四川省有一种奇特的植物，叫毛竹。它在种植后的 5 年内，几乎看不出生长。可是到了第 6 年雨季来临的时候，它竟以每天 6 英尺的速度向上急蹿 15 天左右，最后大约可以长到 80 英尺高，因而成为竹林中的身高冠军。更为奇特的是，在它生长初期的那段日子里，其周围方圆 10 多米之内的其他植物都停止了生长。等到它突飞猛进的生长期结束之后，这些植物才获得了生长的权利。

对于毛竹这一奇特的生长过程，植物学家揭开了其中的奥秘。原来它前 5 年并不是没有长，只不过是以一种不易被人们发觉的方式在生长——在地下生根。经过 5 年的地下生长，一株还未向上发芽的雏竹的根系竟然向周围发展了 10 多米，向地下深扎了近 5 米。它的这种生长方式，不仅为它 5 年后的长高奠定了坚实的基础，同时还悄悄地"侵占"了周围其他植物的根系发展空间，使它们无法获得生长所必需的水分及养料，所以在第 6 年雨季到来的时候，它能够以资源垄断的方式独自急长，而此时周围的其他植物只能眼巴巴地看着它生长。

非洲的毛尖草与毛竹相似，其生长过程也很奇特。

毛尖草是非洲大地上最高的草之一，有"大地之王"的美称。在它最初生长的半年内，只有一寸高，几乎是草原上最矮的草。在那段时间里，草原上的任何一种野草，都比它长得快。不知情的人们甚至察觉不出它在生长，更不会想到它是未来的"草原之王"。但是半年过后，在雨水降临之际，毛尖草就像被施了魔法一样，以每天一尺半的速度向上疯长。六七天的时间，它便会猛蹿到几米的高度。大片的尖毛草就像一堵突然竖起的墙，让人感到震撼。

对于毛尖草这一奇特的生长过程，植物学家揭开了其中的奥秘。原来在最初的半年里，它不是在长身体，而是在长根部。在长达 6 个月的时间里，毛尖草的根部长得超过了 28 米，不声不响地为自己的王者之位打下了坚实的基础。

巴西的火红花与毛竹、毛尖草相似，其生长过程也很奇特。

火红花从春天起就小得可怜，只有拇指那么大，生长 8 个月之后，几乎没有什么变化。除了它的主人，引不起别人的关注。但一进入 10 月，它也像中了魔一样，一天扩展 3 米。数天之后，它的枝叶就能把一亩地长满。因此，当地的人一亩地只种一棵火红花，因为它会在最灿烂的季节里，长成花中之冠，开出一片耀眼的火红。

对于火红花这一奇特的生长过程，植物学家揭开了其中的奥秘。原来它在 8 个月的时间里，一直在努力长根部。最后，它的根部强壮得令人难以想象，直径能长到 30 厘米粗。当它的根部长到如此强壮的时候，迅速生长的日子就开始了。

在大千世界里，诸如此类的植物，还有不少。大自然似乎在用这些奇特的生长过程向人们展示一个朴素且深刻的真理：只有埋头，才能出头。埋头是原因，出头是结果；埋头是积累，出头是必然。

我是中国人

　　1942 年，30 岁的钱伟长已是著名的物理学家，出任美国加州理工学院喷射推进研究所的总工程师，领导着 600 人的工程师队伍。他的事业如日中天，前程似锦。但他一直怀念着在日本帝国主义铁蹄践踏下的祖国，为自己的科研成果不能为祖国服务而感到内疚。

　　抗日战争胜利后，钱伟长急切地想要回国效力。由于他在科研中接触了美国的大量军事机密，如果公开提出回国，美方不可能顺利放行。于是他制造了短期回国探亲的假象，轻装简从，将大量书籍、资料留在了办公室，还在住所预付了半年房租。1946 年 5 月，他放弃了在美国近 10 万美元的优厚薪酬，怀着报国的满腔热血，终于回到了祖国。

　　回国后，钱伟长在清华大学机械工程系执教，起初的月薪，还不够买两个暖瓶。自 1948 年春后，他的生活更加困难，几乎全靠小米和白菜度日，比起"三月不知肉味"，是有过之而无不及。迫于生计，他奔波于北平的清华、北大和燕京三所大学工学院，几乎"承包"了三校物理系中所有的基础课，可依然不得温饱。长女出生后，他连买奶粉的钱都没有，不得不借钱维持生活。

1948 年 8 月，有位友人自美返国探亲，看到钱伟长的窘迫困境就说，美国加州理工大学喷气推进研究所的工作进展较快，希望你回去复职，带全家定居，年薪至少 10 万美元。

为了摆脱当时的困境，钱伟长不得不作出了一个艰难的决定：到美国领事馆申办签证，返回美国工作。他在填写申请表时发现，最后有个必须回答的问题："若中美交战时，你是否忠于美国？"他毫不犹豫地填写了："NO！"这就等于说："我不去你美国了。"

2010 年 7 月，在中央电视台《大家》栏目对钱伟长做专题采访时，记者曾问及当时签证之事。他说："如中美交战，我当然忠于中国了。我是中国人，我不能忠于美国。我填了一个'NO'，不管多艰难，我决不卖国。我毫不犹豫，我在这一点上是毫不犹豫。我是忠于我的祖国的。结果就因为这个，美国不让我去了。"

在回首近百年的人生之路时，钱伟长自豪地说："我是中国人，爱国是我终生不渝的情怀。"

人既可以像蚂蚁一样平凡与卑微，
也可以像神一样非凡与伟大。
——生如蚁而美如神。

只要从一件事做起，持之以恒地做好一件事，
做强一件事，做精一件事，
就一定能有所作为，有所贡献，有所成就。

靠拉车求学不丢脸

国画大师李苦禅原名李英，山东高唐县人，出身贫寒。1922年，23 岁的他到北京国立艺术专科学校西画系学习。

李苦禅是个穷学生，学习费用全靠家中接济。因囊中羞涩，他住不起旅馆，只得在北京一所破旧的寺庙里栖身。遇到家中接济不上时，他便陷入了吃了上顿没有下顿的困境。于是，他开始靠晚间和休息日拉洋车维持生活。为此，林一卢同学赠其"苦禅"二字为名。此后，他一直用着此名。

1923 年秋天，李苦禅到绘画大师齐白石先生的家中拜访。见面后，他恭恭敬敬地对齐白石说："我爱您的画，想拜您为师，不知您能不能收下我。现在我虽穷，没有什么见面礼给您，但等我将来做了事之后，定将好好孝敬您老人家！"齐白石见他率直质朴，当即就答应了。他急忙跪下就拜，差点摔倒，竟然把齐白石给逗乐了。就这样，这位靠拉洋车维持生活的年轻人，就成了齐白石的第一位拜门弟子。

李苦禅虽然继续在晚间和休息日拉洋车，但总是远离齐白石先生的住所，并把帽檐压得低低的。因为，他怕熟人认出自己，给齐白石丢脸。

说来也巧，有一个星期天，李苦禅拉车到王府井大街兜生意，在路过一家书画店时，恰巧遇到齐白石先生和几位朋友从店里出来。他大吃一惊，正神色慌张地拉车躲避，忽然听到身后传来齐白石的喊声："苦禅，还不过来，送我回家。"他应了一声，将车掉转过去，请齐白石上车后拉起车就走。途中，齐白石心疼地问："苦禅，你经济困难，靠拉车度日，怎么不告诉我呀？"他回答："我对不起老师，给老师丢脸了。"齐白石和蔼地说："丢脸？丢谁的脸呀？你不知道我是木匠出身，鲁班的门下吗？苦禅呀，靠劳动吃饭是不丢脸的，靠拉车求学是不丢脸的。"

回到家后，齐白石先生将自家院里的一间厢房腾出来给李苦禅住，还给他的一些画上题字，让他卖掉解决生活困难。

在齐白石先生的资助和关爱下，李苦禅退掉了所租的洋车，摆脱了生活困境，开始专心致志地刻苦学画。

齐白石先生对李苦禅这个得意门生的评价是："余门下弟子数百人，英也学我手，英也夺吾心，英也过吾，英也无敌，来日英若不享大名，天地间是无鬼神矣！"

自古英雄多磨难，从来纨绔少伟男。李苦禅没有辜负齐白石先生的厚望，终于成长为一代书画大师。

齐白石的座右铭

1949 年，85 岁的绘画大师齐白石，依然坚持每天作画 5 幅，从不间断。在过生日的那天，前来贺寿的客人很多，他忙了 10 多个小时。等送走了最后一批客人，他已经很疲倦了，于是便休息了。

第二天，白石老人早早地起床，没吃饭就赶到了画室，画完 5 幅后才吃早餐。吃过早餐后，他又回到画室作画。家里人怕他累着，便说："你不是已经画完 5 幅了吗？怎么还画？"他解释说："昨天过生日，客人多，没时间作画。今天追画 5 张，以弥补昨天的'闲过'。作画并无秘诀，全在一天也不能空闲呀。"说完，他又全神贯注地画了起来。

1952 年的一天，88 岁的白石老人接待了前来拜访的诗人艾青。艾青带来了一幅画，请他鉴别真伪。他拿出放大镜仔细看后，对艾青说："这幅画是我年轻时画的。"随后，他又说："我用刚创作好的两幅画跟你换这幅，行吗？"

艾青听后赶紧收起画，笑着答道："您就是拿 20 幅，我也不换。"白石老人见换画无望，情不自禁地说："我年轻时画得多认真呀，现在名气大了，反倒退步了。"

艾青走后，白石老人心事重重。那天夜里，儿子起来上厕所，发现书房里的灯还亮着，走进一看，原来是父亲正坐在书桌前一笔一画地描红。儿子不解地问："您已经这么大年纪了，早就盛名于世了，怎么突然想起来要描红，而且还描这般初级的东西？"

白石老人不紧不慢地回答道："现在我的声望高，很多人说我画得好，觉得我随便抹一笔都是好的。我被这些赞誉弄得有些飘飘然了，不知不觉地放松了对自己的要求。看到艾青要我鉴别真伪的那幅画，我才猛然惊醒。我不能再被外界的那些不实之词蒙蔽了，而应该重新从基础练起，应该管好自己。"

1954 年，90 岁的白石老人仍然坚持一天至少创作 5 幅画。为了自勉，他特意写下了 6 个大字的座右铭："不教一日闲过。"

成功的秘诀

1948 年秋，英国牛津大学邀请英国首相丘吉尔演讲。演讲的题目是：成功的秘诀。在演讲的前两个月，媒体就广为宣传。他究竟会对大学生们提出什么宝贵的忠告呢？各界人士翘首以盼。

演讲的那天，牛津大学的会场爆满，座无虚席。丘吉尔的两眼注视着观众，用"V"形手势向观众致意，使满怀激情和期待的人们安静下来。然后，他直截了当地说："我成功的秘诀有三个：第一是，决不放弃；第二是，决不、决不放弃；第三是，决不、决不、决不放弃！我的演讲结束了！"

会场在片刻的沉寂后，突然爆发出经久不息的热烈掌声。

美国《商业周刊》的记者在采访一位不愿意透露姓名的著名企业家时问："您成功的秘诀是什么？"

企业家回答："比别人更努力！"

"其次呢？"

"也是比别人更努力！"

"最后呢？"

"还是比别人更努力！"

如果说成功的秘诀是一枚金币，那么"决不放弃"和"比别人更努力"，就是这枚金币的正反两面。因为，努力了才可能成功，放弃了则必定失败。

40 多年捕捉到的一道闪电

自由女神像，全名为"自由女神铜像国家纪念碑"，1886 年 10 月 28 日落成。它位于美国纽约海港的哈德逊河口附近，是法国于 1876 年为纪念美国独立战争胜利一百周年而建造的。1984 年，它被列入世界遗产名录。

杰伊·菲恩是美国摄影师。他从少年接触摄影时起，就产生了一个心愿：拍摄一张闪电击中自由女神像的照片。

2010 年，杰伊·菲恩已经 58 岁了。为了实现自己的心愿，他已经尝试了 40 多年，但一直没有如愿。可是他并不气馁，依然积极地准备，耐心地等待时机，一如既往地关注着天气预报。

9 月 22 日，杰伊·菲恩从天气预报得知：暴风雨就要来了，这无疑是抓拍的天赐良机。傍晚，他为了拍摄闪电击中自由女神像的照片，冒着暴风雨来到了曼哈顿的巴特利公园城。在那里，他守候了近两个小时，先后等到了 80 道闪电，也拍摄了 80 道闪电，但都不如愿。

当晚 8 点 45 分，罕见的时刻出现了：第 81 道闪电击中了自由女神像。早已做好准备的杰伊·菲恩，立即用相机将这个可遇而不可求的瞬间定格为永恒。

杰伊·菲恩的这张照片发表后，赢得了广泛的赞誉，纷纷称其是完美之作。他却谦虚地说："我赶到拍摄地点做好准备后，天上先后出现了81道闪电，只有最后这道闪电击中了自由女神。看到这一幕后我感到非常震惊，能拍到这样的照片只能说是我幸运，这种机会也许一辈子才有一次。这是我曾见过的首张闪电击中自由女神像的照片。"

有位摄影家在评论这幅完美之作时说："与其说杰伊·菲恩是幸运的，不如说他是努力的。因为一个人越努力，也就越幸运。"

有媒体记者请杰伊·菲恩谈谈用40多年捕捉一道如愿闪电的体会，他借用法国作家大仲马《基督山伯爵》中的一句话，作了得体的回答："人类的全部智慧都包含在这两个词中：等待和希望。"

成功的公式

爱因斯坦 3 岁时才学会说话，父母担心他的智力不及常人，直到 10 岁时才把他送去上学。在学校里，他反应比较慢，经常被老师呵斥、罚站。他 16 岁时报考苏黎世大学，因成绩差而名落孙山。可他并不灰心，通过勤奋努力，成为了杰出的物理学家。有一名记者问他成功的秘诀，他回答说："当我还是 22 岁的时候，就已经发现了成功公式：A = X + Y + Z。如果 A 代表成功，那么 X 代表勤奋和努力，Y 代表好的学习方法，Z 代表少说废话。"

美国著名的企业家、教育家卡耐基，曾多次形象地讲解过烹调"成功"的秘方。他说，把"抱负"放到"努力"的锅中，用"坚韧"的小火炖熟，再加上"判断"做调料。他总结了这样的成功公式：成功 = 努力 + 抱负 + 坚韧 + 判断。

季羡林在回顾人生经验时认为，取得成功需要有三个条件，即天资、勤奋和机遇。他说："天资是由'天'来决定的，我们无能为力。机遇是不期而来的，我们也无能为力。只有勤奋一项完全是我们自己决定的，我们必须在这一项上狠下功夫。"于是，他总结了这样的成功公式：成功 = 勤奋 + 天资 + 机遇。

尽管爱因斯坦、卡耐基和季羡林的成功公式有所不同，但都特别强调勤奋和努力。在一定意义上可以说，成功就是一直在勤奋，成功就是一直在努力。

苏格拉底说得好："最有希望得到成功者，并不是才干出众的人，而是那些善于利用时机去努力开创的人。"

厄运打不垮的信念

明末清初，浙江出了一位史学家谈迁。谈迁自幼刻苦好学，博览群书，尤其喜爱历史，立志要编写一部翔实可信的明史。但由于他家境贫寒，没有钱买书，只得四处借书抄写。有一次，为了抄一点史料，竟带着干粮走了 100 多里路。经过 20 多年的奋斗，6 次修改，谈迁终于在 50 多岁时完成了一部 500 多万字的明朝编年史——《国榷》。

面对这部可以流传千古的鸿篇巨制，谈迁心中的喜悦可想而知。可是，就在书稿即将付印前发生了一件意想不到的事情。一天夜里，小偷溜进他家偷东西，见家徒四壁，无物可偷，以为锁在竹箱里的《国榷》原稿是值钱的财物，就把整个竹箱偷走了。从此，这部珍贵的书稿就下落不明。20 多年的心血转眼之间化为乌有，这对任何人来说都是致命的打击，更何况此时的谈迁已经是体弱多病的老人了。他茶饭不思，夜难安寝，只有两行热泪在不停流淌。很多人以为他再也站不起来了，但厄运并没有打垮谈迁，他很快从痛苦中挣脱出来，又回到了书桌旁，下决心从头撰写这部史书。

经过 4 年的努力，他完成了新书的初稿。为了使这部书更加完备、准确，59 岁的谈迁携带着书稿，特地到了明代的都城北京。在北京的那段时间，他四处寻访，广泛搜集前朝的逸闻，并亲自到郊外去考察历史的遗迹。他一袭破衫，终日奔波在扑面而来的风沙中。面对孤灯，他不顾年老体弱，奋笔疾书，他知道生命留给自己的时间已经不多。又经过了几年的奋斗，一部新的《国榷》诞生了。新写的《国榷》共 104 卷，500 万字，内容比原先的那部更加翔实、精彩，是一部不可多得的明史巨著。谈迁也因此名垂青史。

在漫长的人生旅途中，难免有崎岖和坎坷，但只要有厄运打不垮的信念，希望之光就会驱散绝望之云。

积累的力量

金蝉是动物界节肢动物门昆虫纲同翅目蝉科昆虫的代表种，具有渐变态的生物学特征，一生经过卵、若虫、成虫三个阶段。若虫，至少要先在暗无天日的地下生活三年，靠汲取树木的汁液为生。若虫忍受着寂寞和孤独，任凭寒暑地气的侵袭，千日后的某个夜晚，慢慢地爬到树枝上，一夜之间蜕变成知了，等到太阳升起的那一刻，振翅飞翔，冲向自由。随后，金蝉的生命迎来了顶峰：在夏日刺眼的阳光中，迎着强光不知疲倦地纵情歌唱，好像要弥补过去几年的黑暗岁月。这便是"金蝉定律"，也叫"三年定律"。

毛竹在最初生长的四年里，哪怕周围环境很好，也不怎么长，一般只长三厘米左右。可一旦到了第五年，毛竹就着了魔一样，以平均每天三十厘米的速度疯狂生长，仅仅六周左右的时间，就长到了十五米上下。毛竹在那前四年里，主要在努力地去发展着根系，使其在土壤里延伸了数百平方米，不断地汲取营养，不断地积蓄着未来蓬勃发展的力量。这便是"竹子定律"，也叫"四年定律"。

美国畅销书作家丹尼尔·科伊尔在《一万小时天才理论》中提出:"不管做什么事情,只要坚持一万小时,基本上都可以成为该领域的专家。"英国畅销书作家马尔科姆·格拉德威尔在《异类》一书中提出:"人们眼中的天才之所以卓越非凡,并非天资超人一等,而是付出了持续不断的努力。一万小时的锤炼,是任何人从平凡变成世界级大师的必要条件。""如果每天工作八个小时,一周工作五天,那么成为一个领域的专家至少需要五年。"这便是"一万小时定律",也叫"五年定律"。

美国科学家、诺贝尔经济学奖获得者赫伯特·西蒙和美国心理学家爱利克·埃里克森一起提出:"要在任何领域成为大师,一般需要约十年的艰苦努力。"这便是"十年定律"。

上面的这些定律,都从不同领域和不同角度证明了积累的至关重要。可以说:任何一日成名,都是数年积累的结果;任何伟大,都是渺小积累的结果;任何成败优劣,都是积累的结果。

第六章

人人可以把一件事做到极致

　　把一件事做到极致，胜过把万件事做得平庸。

　　围着把一件事做到极致转，全世界都会围着你转；围着把万件事做得平庸转，全世界都会抛弃你。

　　人永远没有时间把每一件事都做到极致，但永远有时间把最重要的一件事做到极致。

　　收获精彩人生的绝活，就是把最重要的一件事做到极致。

　　当你真想把一件事做到极致时，全世界都会给你让路。

人人都是自己命运的建筑师

1942 年 1 月 8 日，史蒂芬·威廉姆·霍金生于英格兰。很难想象，他年仅 20 岁就患上一种肌肉不断萎缩的怪病，整个身体能够自主活动的部位越来越少，以至最后永远地被固定在轮椅上。可他并没有因此而中断学习和科研，一直以乐观的精神和顽强的毅力攀登着科学的高峰。

霍金从牛津大学毕业后，长期从事宇宙基本定律的研究工作。他在所从事的研究领域，取得了令世人瞩目与震惊的成就。他有十二个荣誉学位，是英国皇家学会会员，也是美国国家科学学会会员，获得过许多奖励，写出了像《时间简史》和《黑洞、婴儿宇宙及其他》这样享誉全球的畅销书。他成为所研究领域中的大师级人物。

有一次，霍金坐在特制的轮椅上借助电脑给听众做学术报告。就在报告结束之际，一位女记者登上讲坛，提出一个令全场听众感到十分吃惊的问题："霍金先生，疾病已将您永远固定在轮椅上，您不认为命运让您失去的太多了吗？"

怎样看待永远被固定在轮椅上的命运？这显然是个触及伤

如果说做人最值钱的两个字是善良，
那么做事最值钱的两个字是极致，
即坚持用一生把一件事做到极致。

痛、难以回答的问题。顿时，报告厅内鸦雀无声，每个人几乎连自己呼吸的声音都能听得到。

此刻，只见霍金的头部斜靠着椅背，面带着安详的微笑，用能动的手指敲击键盘。随后，人们从屏幕上缓慢显示出的文字，看到了这样一段震撼心灵的回答："我的手指还能活动，我的大脑还能思维；我有终生追求的理想，有我爱和爱我的亲人和朋友。"

顿时，报告厅里响起了长时间热烈的掌声，那是从人们心底里迸发出的敬意和钦佩。

霍金对自己永远被固定在轮椅上的命运，不仅没有丝毫的抱怨和悲观，而且充满了真诚的感激和自信。他用自己的精彩人生告诉世人："没有不可战胜的坎坷命运，人人都是自己命运的建筑师。"

把平凡做到极致就是非凡

李素丽是家喻户晓、人人皆知的先进人物，但是有很多人并不知道，她高中毕业时的理想是做一名播音员或主持人。高考时，她报考了北京广播学院，但遗憾的是因 12 分之差没能被录取。

落榜后的李素丽成了一名公交车售票员，可她并没有轻视这项工作，而是竭尽全力地当好这个车厢里的播音员和主持人。她为自己定的服务原则是："礼貌待客要热心，照顾乘客要细心，帮助乘客要诚心，热情服务要恒心。"她对自己的工作要求是："多说一句，多看一眼，多帮一把，多走一步；话到，眼到，手到，腿到，情到，神到。"她管理的车厢整洁、漂亮：地板漆色鲜艳，玻璃明亮照人，扶手干干净净，彩旗挂满四周，"乘客之家"几个大字分外醒目。

在售票员这个平凡的岗位上，李素丽通过多年的实践和一点一滴的积累，练就了根据乘客的不同需求，提供最优质服务的过硬本领。老幼病残和孕妇，最怕摔怕磕怕碰，她就主动搀上扶下；上班族急着上班赶车，她见到后就尽量不关门等一等；外地

把一件事做到极致，胜过把万件事做得平庸

乘客既怕上错车，又怕坐过站，她就百问不烦，耐心地帮他们指路，到站时提醒他们下车；中小学生天性活泼，她就提醒他们车上维护公共秩序，车下注意交通安全；姑娘们夏天穿着长裙上下车，她就提醒她们往上拎一拎，以免让人踩上摔跟头；遇到堵车，她就拿出报纸、杂志给乘客看，以缓解他们焦急的心情；看到有人晕车或不舒服想吐，她会及时送上一个塑料袋；遇到不小心碰伤的乘客，她就赶紧从特意准备的小药箱里拿出常备的"创可贴"……

后来，李素丽还创建了"北京公交李素丽服务热线"，在北京市首次为百姓出行、换乘车提供 24 小时的交通信息。

李素丽工作数年，无论在什么岗位上，人们都能从她身上得到真诚的笑脸、热情的话语、周到的服务、细致的关怀。她赢得了广大乘客的尊敬，被誉为"老人的拐杖，盲人的眼睛，病人的护士，外地人的向导，群众的贴心人，老百姓的亲闺女"，荣获了"全国'三八'红旗手""全国劳动模范"等一连串的荣誉。

李素丽说："当了售票员以后，感觉自己既是播音员，又是主持人。对内我代表首都，对外我代表中国。我为我的职业和岗位而自豪，是它给了我每天都能向他人奉献真情的机会，让我每一天都感到充实与快乐。"

在这个世界上，绝大多数都是平凡的人，在平凡的岗位，做平凡的工作，干平凡的事情。但对工作的不同态度：或一心一意，或三心二意；或充满热情，或不冷不热；或专注投入，或冷漠淡然，其最终的结果往往有天壤之别。如果我们乐在工作，乐在平凡，能够把平凡的工作做到极致，那就会使平凡变为非凡。

把失误变成经典

1981 年，法国社会党领袖弗朗索瓦·密特朗访问中国。在游览孔府大庙时，他手扶龙柱，郑重其事地让随行的摄影师拍了一张照片。

密特朗回到法国后，想通过这次对中国的访问来丰富自己的竞选宣传，于是向摄影师催要游览孔府大庙时的照片。

摄影师赶紧将照片洗出来，看后不禁大吃一惊。他万万没有想到，由于自己的失误，竟然将密特朗拍成了紧闭双眼的瞎子。这可怎么交差呢？他急得像热锅上的蚂蚁，寝食不安，绞尽脑汁地搪塞了一次又一次。

一天晚上，摄影师对着密特朗的照片发呆。突然，他想起中国翻译曾向密特朗介绍过龙的意义，说龙是中国文化的代表符号，是民族的图腾，也是中国的象征。密特朗则以诗人的口吻对周围的人们风趣地说："我正在倾听龙的声音，感受中国文化。"于是，摄影师灵机一动，提笔为照片起了个恰到好处的名字：《倾听龙的声音》。

第二天，密特朗看到《倾听龙的声音》之后颇为得意，夸奖摄影师妙手偶得，构思巧妙。第三天，《倾听龙的声音》这张传神的照片就出现在了法国的各大报纸上。三个月之后，即 1981 年 5 月 10 日，密特朗当选为法国总统，成为法国第一个社会党人总统。一年之后，《倾听龙的声音》这张照片获得了世界摄影大奖，成为经典照片。

1990 年 1 月 26 日，在中央电视台春节联欢晚会上，陈佩斯、朱时茂创作并表演了小品《主角与配角》。该小品讲述了饰演"叛徒"的陈佩斯为了当上主角"八路军"，耍尽了各种小聪明。在他的软磨硬泡下，终于心想事成，可最后因形象、习惯等问题，又不自觉地回归了"叛徒"形象的故事。

在表演小品的过程中，朱时茂配枪的挂带突然断了。然而，朱时茂临危不乱，不动声色地把挂带系好。在陈佩斯戴上的时候，配枪的位置就在腋下了，因此显得格外滑稽。这挂带变短的失误，结果让观众觉得特别搞笑，使小品收到了非常好的演出效果。

1996 年 2 月 18 日，在中央电视台春节联欢晚会上，赵丽蓉、巩汉林、金珠表演了小品《打工奇遇》。该小品讲述了打工的淳朴老太太碰上了哄抬物价赚黑心钱的老板，最终老太太遵从内心的选择，给物价局打电话告发实情的故事。

在表演小品的过程中，原来并没有赵丽蓉老师摔倒的情节。但年纪已大的赵老师跳累了，不小心摔在了巩汉林的怀里，金珠看到此情只好把赵老师扶着坐下来，继续表演。赵丽蓉老师摔倒的失误，增强了表演的艺术性。当然，这种意外的效果，和赵老师处变不惊、沉着应对的大家风范密不可分。该小品获得了 1996 年"春兰杯·最喜爱的春节晚会节目"评选小品类一等奖。

把木梳卖给和尚

有一家效益相当好的大公司，为了进一步扩大经营规模，公司领导决定高薪招聘营销人员。广告一打出来，报名者纷至沓来，其中不乏有文凭、有能力、有人脉和有素质之人。

面对众多的应聘者，大公司招聘工作的负责人说："相马不如赛马。为了能选出德才兼备的高素质营销人员，我们出了一道实践性的试题：请各位想办法，把木梳尽量多地卖给和尚。"

对于如此招聘，绝大多数应聘者感到困惑不解，甚至感到愤怒：出家人剃度为僧，没有头发，要木梳有何用？这岂不是神经错乱，拿人开涮？没过多久，应聘者接二连三地拂袖而去，几乎散尽。最后只剩下三个应聘者：小伊、小石和小钱。

招聘工作的负责人对剩下的这三个应聘者交代："以 10 日为限，届时请各位将销售成果报给我。"

10 日期到。

负责人问小伊："卖出多少？"答："一把。""怎么卖的？"小伊讲述了历尽的辛苦，以及受到众和尚责骂与追打的委屈。好在下山途中遇到一个小和尚一边晒着太阳，一边使劲挠着又厚又痒的头皮。小伊灵机一动，赶忙递上了木梳。小和尚用后满心欢喜，于是买下一把。

负责人又问小石："卖出多少？"答："10把。""怎么卖的？"小石说，他去了一座名山古寺。由于山高风大，进香者的头发都被吹乱了。小石找到了寺院的住持说："蓬头垢面是对佛的不敬。应在每座庙的香案前放把木梳，供善男信女梳理鬓发。"住持采纳了小石的建议。那山共有10座庙，于是就买下10把木梳。

负责人又问小钱："卖出多少？"答："1000把。"负责人惊问："怎么卖的？"小钱说，他到了一个颇具盛名、香火极旺的深山宝刹，朝圣者如云，施主络绎不绝。小钱对住持说："凡来进香朝拜者，多有一颗虔诚之心，宝刹应有所回赠，以做纪念，保佑其平安吉祥，鼓励其多做善事。我有一批木梳，您的书法超群。您可在木梳上刻下'积善梳'三个字，然后便可做赠品。"住持大喜，立即买下1000把木梳，并请小钱小住几天，共同出席了首次赠送"积善梳"的仪式。得到"积善梳"的施主与香客，很是高兴，一传十，十传百，朝圣者更多，香火也更旺。这还不算完，好戏跟在后头。住持希望小钱再多卖一些不同档次的木梳，以便分层次地赠给各种类型的施主与香客。

就这样，小钱在看来没有木梳市场的地方开创出了很有潜力的市场。

……

招聘结束之后，负责人抒发了这样的感慨："如果说文凭是铜牌，能力是银牌，人脉是金牌，那素质就是王牌。从根本上说，一个人的工作、事业和命运，主要是由其综合素质决定的。谁要想让工作、事业和命运好些，好些，再好些，谁就要下苦功夫把自身的德才素质提得高些，高些，再高些。"

把一件事做成经典

2012 年 8 月 7 日，作家刘震云参加了自己的长篇小说《我不是潘金莲》的首发式。

当时有位读者问刘震云："您写作成功有什么秘诀吗？"

于是，刘震云讲了下面的故事："我有个赶马车的舅舅，方圆几十里，再调皮的牲口放到他手里，马上就变成一只温顺的猫。我 13 岁那年，他跟我有一场特别深刻的谈话。他说，你觉得你聪明吗？我说，不太聪明。他又问我，你笨不笨？我说，我也不笨。他说，世界上就怕这种人，要不你聪明，要不你是个傻子，都会生活得非常幸福，像你这种既不聪明又不笨、不上不下的人，在这个世界上难混。我问他，那我的一生应该怎么规划？他说，你记住我的话，不聪明也不笨的人，一辈子就干一件事，千万不要再干第二件事。他说，其实我跟你一样，也是个不聪明也不笨的人，所以我一辈子就赶马车。我记住了这句话，直到现在为止，我就干一件事，就是'编瞎话'。"

显而易见，这个故事的寓意是：一辈子就干一件事，干好一件事，千万不要再干第二件事。这就是刘震云写作成功的秘诀。

与刘震云一辈子干好一件事的写作成功秘诀相似，史蒂夫·乔布斯也有个成功秘诀，即把一件事做成经典。

迪士尼首席创意官约翰·拉塞特在回忆文章中说，与乔布斯的第一次会面，是在自己成为迪士尼首席动画师之前，即1986年乔布斯以1000万美元收购皮克斯动画工作室之时。当时，他正在制作一部动画短片——《锡铁小兵》。在他们会面快结束的时候，乔布斯对他说："一生中要做的事很多，而现在我们选择了这一件，那就让我们把它做成经典。"乔布斯要求他务必做好一件事："造就经典"。

拉塞特十分愉快地接受了乔布斯的要求，将"造就经典"作为了自己的座右铭。1988年，这部《锡铁小兵》动画短片上映，并赢得了有史以来颁给电脑动画的第一个奥斯卡奖，也为后来的《玩具总动员》奠定了基础。

后来，拉塞特深有感触地说："'造就经典'这几个字，已经融入了自己制作的每部皮克斯影片的每一帧画面上。"

其实，把一件事做成经典，不仅是做好动画片的成功秘诀，而且是做好任何事情的成功秘诀。因为，每个人永远没有时间做好每一件事，但永远有时间做好最重要的一件事；每个人不可能把每一件事都做成经典，但却有可能把一件事做成经典。

我要用中文

丁观海是丁肇中的父亲，1934 年毕业于当时的国立山东大学中文系，后到美国密歇根大学学习土木工程。王隽英是丁肇中的母亲，当年也在美国留学。他们身在海外，心系祖国，一心想把丁肇中生在中国。但是，因为早产这个意外，丁肇中成了地地道道的美国公民。

在 20 世纪 70 年代之前，物理学界一直认为物质的最小结构是由 3 种夸克组成，但是丁肇中却不相信。他通过长期艰苦的探索，终于找到了组成物质的第 4 种最小结构。因为中文的"丁"与英文的"J"很相像，所以丁肇中便把这个新发现的粒子命名为"J 粒子"。

1976 年 10 月 18 日，丁肇中因此获得了诺贝尔物理学奖，当时只有 40 岁。

美国总统福特在发给丁肇中的贺电中说："基本知识的重大进展，能够导致科学上的更进一步的突破，进而造福人类。"

科学没有国界，科学家有祖国。丁肇中是位科学家，更是一个热爱祖国的人。在颁奖典礼之前，他做出了一个极其庄重而神圣的决定，通知瑞典皇家科学院："我要用中文在颁奖典礼上发言。"

瑞典皇家科学院做出了积极、友好的回应："欢迎。"同时，瑞典皇家科学院又不无担心地问："谁做翻译？"

丁肇中答："我自己做翻译。"

"获得了诺贝尔物理学奖的美国公民丁肇中，决定用中文在颁奖典礼上致词。"这一消息见报之后引起了强烈反响，深深地感动了不同国家、不同肤色和使用不同语言的人们。他们发自内心地感叹："丁肇中是要将荣誉献给自己的祖国。"

可是，美国驻瑞典大使找到丁肇中，非常不满地说："目前，我们美国和中国的关系非常不好，你用中文是不对的。"

丁肇中十分珍惜美中两国人民的友谊，也期盼美中两国关系的不断改善，但对这位既不友好又不识时务的大使的指责，毫不留情地顶了回去："你管不着这个，我愿意用什么语言就用什么语言。"

就这样，这位美国驻瑞典大使碰了一鼻子灰。他大概永远也不会理解：丁肇中这个出生在美国的科学家，为什么会有一颗永远不变的中国心？

语言是历史的档案。在那次颁奖典礼上，丁肇中在致词时创下了一个世界纪录：他使这个金色大厅里回荡起有史以来从未使用过的一种语言——中文。

最近，中央电视台的一位节目主持人问丁肇中："您当时选择中文的目的是什么？"

丁肇中答："就是因为在颁奖典礼上从来没有出现过中文。

中文是世界上最重要、最可爱的语言之一。"

主持人问："但是您用中文做演讲，现场绝大多数人是听不懂的啊？"

丁肇中答："那与我没关系。因为它是全球广播。"

主持人为了进一步确认自己的判断又问："您是希望让更多的中国人和懂中文的外国人都能够听明白？"

丁肇中只答了一个字："对。"

……

丁肇中荣获诺贝尔物理学奖无疑是宝贵的，是值得敬佩的，但更宝贵和更值得敬佩的，是他"我要用中文"的爱国情怀，是他爱祖国高于一切的崇高境界。

上海阿大的葱油饼

吴根城在家里排行老大，背也鼓得老大，人们都叫他阿大。他住在上海茂名南路159弄2号，从28岁起就在弄堂里做葱油饼。

每天凌晨3点多钟，人们还在沉睡，阿大已经开始了忙碌的一天。提面粉，揉面团，调油酥，生炉火……他必须赶在5点之前，完成所有的准备工作。

6点开市，阿大把醒好的面，揪成一个个小面团，顺势用手一按，重重甩在桌子上，面团立即成了十几厘米的薄长条面饼。然后，他在长条面饼上抹一把油酥，撒一小撮细盐，抓一大把葱花，放一块五花肉，重新卷成一个个面团，整齐排列到烧热的煎锅上。随着欢快的吱吱声，爆出葱花与肉的混合咸香。他一边煎，一边往饼上抹油。15分钟后，铁板上的饼被煎得两面焦黄。九成熟的饼要接受最后的蜕变，这也是他的"秘方"。他做葱油饼的每一个步骤，都十分熟练、精准，就像表演功夫一般。一锅只能做20个，每锅需要30分钟。一锅出炉，排队的人伸手要拿。阿大立刻提醒道："不许拿！要放2分钟才可以，不然不脆。"

有的顾客着急地问："你做葱油饼能不能快一点啊？你葱油

饼做得不容易，我们吃得也不容易啊！"

阿大却回答："没法快啊！快了外面焦里面不熟，猪油没化掉，口味就两样了。"

为了品尝阿大的葱油饼，顾客排队一两个小时实属正常。在严寒的三九天，顾客裹着厚厚的棉衣，瑟瑟发抖地等候。在炎热的三伏天，顾客躲在屋檐阴凉里，汗流不止地等候。一年四季，排队等候阿大葱油饼的顾客接连不断。为了缩短顾客等候的时间，阿大中午只吃一个馒头一碗菜，而且是见缝插针吃了几次才吃完。下午3点多，葱油饼卖完了，他终于可以得空抽一支烟，享享清闲。

日复一日，年复一年，阿大的一生只做了一件事：做了32年的葱油饼。他平均每天做400个葱油饼，如果将其连在一起，相当于从上海到台北的距离。阿大葱油饼的香气，穿过小小的弄堂，飘向大江南北，飘向世界各地，浦东、闵行、东北、台湾、美国……最近，就连英国广播公司BBC也对阿大的葱油饼赞不绝口，称奇叫绝。

媒体记者采访时好奇地问阿大："葱油饼的生意这么好，誉满天下，有人要给你投资，有人要让你涨价，你怎么不找帮工、不带学徒啊？"

阿大说："这活累，没人愿意学。长年的站立，让我患了严重的静脉曲张，也想过不做了。可是，如果我不做了，老街坊们到哪里吃一口正宗的上海葱油饼啊？因此，我也开始考虑：如何把上海葱油饼的味道传下去。"

记者赞成地说："对！一定有人愿意跟你学。因为人生真正的赢家，并不是掌握的技能多和杂，而是少和精。"

拍摄雪花的人

阿列克谢是俄罗斯人。小时候，他看到了专业摄影师拍摄的一幅雪花的大图。他感到很惊讶，原来人们最常见的雪花，组成宏大雪景的雪花，竟然有如此这般细腻的美。从此他迷恋上了转瞬即逝的雪花，同时有了一个梦想：将来要成为一名业余摄影师，要拍摄出令人震撼的雪花之美。

阿列克谢长大后明白了：拍摄出雪花高清微距照片，需要非常专业的设备，自己作为一名小小的公司职员，根本无力负担。但是，没有钱就不能实现梦想了吗？他不肯屈服，用两个星期的时间，将淘来的旧相机改造成自己渴望的相机。同行们看到他的"杰作"，戏谑地称它为"傻瓜微距相机"。

可阿列克谢毫不在意。他在自家后院搭起 4 根木桩，上面放一块玻璃，剩下的就是等待时机。功夫不负有心人，他成功了！当雪花落在玻璃上，玻璃下面的光源恰好打背光。他这样拍摄出的雪花，如璀璨珍贵的宝石。

阿列克谢并不满足："玻璃上的雪花虽然很美，但还不能完全凸显出雪花本身的每一丝细节。"经过深思熟虑，他突发奇

任何伟大与崇高的思想与行动，都有一个微不足道的开始。

行事贵有恒，久久自芬芳。

想，改用毛毯拍摄。娇柔的雪花落在毛毯上，深灰色的背景使其更加美丽。

从 2008 年 12 月起，阿列克谢成了"职业拍摄雪花的人"每当冬天来临，他便端起"傻瓜微距相机"，静静等待拍摄时机。落雪的日子，每天都有无数雪花从他眼前凋零，但真正值得拍下的却少之又少。因为每一朵雪花都非常轻盈，非常脆弱，飘落时遇到风吹，遇到与其他雪花碰撞，就会粉身碎骨。

阿列克谢并不灰心，而是耐心地等待。很多时候，即使等待几个星期、几个月，也拍不到一朵完美的雪花。日复一日，月复一月，年复一年，只要美丽的雪花从天而降，他就在其化为乌有的瞬间，咔嚓一声，将其定格为永恒。他深有感触地说："完美又有趣的雪花，实在太少了。这不仅需要高端的设备，还需要冰天雪地里的持之以恒，最难得的是好运气。"

到 2017 年，阿列克谢用了 9 年的时间，拍摄了几千张雪花，发表了 100 多张。人们常说：世界上没有两片完全相同的雪花，但他却能轻而易举将雪花分为 9 类。一是柱状雪花，形状简单，却晶莹剔透，是雪花最基本的形状。二是加盖柱雪花，和柱状雪花差不多，两头加上了盖子，看起来像工艺品。三是三角雪花，非常罕见，9 年来只拍下几朵。四是六角板雪花，也叫"钻石星辰"，看起来跟星星一样闪耀。五是蕨类状星型雪花，是最常见的雪花图案，有一个很小的中心，然后像树枝一样延伸。六是星状雪花，也是很常见的雪花，中心是星星状的，枝杈不多，不复杂。七是 12 分支雪花，美丽而神奇。八是结晶雪花，是小结晶体，在空中降落时和雨水融合冻成了冰。九是彩虹雪花，中心部分含有空气，能呈现五彩斑斓的彩色。

阿列克谢用了 9 年的时间，用了 9 年的意志、工作、等待，把自己修炼成拍摄雪花领域的专家，修炼成赫赫有名的摄影家。他拍摄的雪花，已在全球广为流传。他欣慰地说："9 年不多，我还会追着雪花，一路拍下去。但愿你的世界，也有义无反顾的执迷不悟。"

从阿列克谢拍摄雪花的故事，不禁想到法国科学家巴斯德的话："字典里最重要的三个词就是意志、工作、等待。我要在这三块基石上建立我成功的金字塔。"

其实，人人皆可在意志、工作、等待这三块基石上建立自己成功的金字塔。

从"外卖哥"到《中国诗词大会》总冠军

1981 年，雷海出生在湖南邵阳洞口县的一个农民家庭。他 7 岁时，在村里当语文老师的父亲，开始教他背诵诗词。那些写着各种诗词的字条，贴满了厨房的墙壁。耳濡目染，他背会了《春晓》《静夜思》等既简约又很有韵味的诗词，并养成了背诵诗词的习惯。日积月累，他会背的诗词逐渐增多。

2001 年，20 岁的雷海中专毕业后外出打工，首先到深圳一家工厂做了电工。半年后，他"想看看大上海的繁华"，于是在上海先后做过洗车场的洗车工、餐厅服务员、推销员、快递员等。有段时间他没钱租房子，就在一楼梯的拐角处睡了 9 个晚上。在阴冷潮湿的夜里，他冻得实在睡不着觉，便想到了辛弃疾的一句词："屋上松风吹急雨，破纸窗间自语。"同时，他用刘禹锡的《浪淘沙》激励自己："莫道谗言如浪深，莫言迁客似沙沉。千淘万漉虽辛苦，吹尽狂沙始到金。"在生存的巨大压力面前，诗词一直是他最温暖的陪伴。

2004 年，23 岁的雷海在书店偶然看到了一本《诗词写作必读》。他如获至宝，狠心花 20 多元买了下来，反反复复地学习。

他说:"这本书让我真正踏入了诗词的大门,我开始大量地背诵。这些喜欢的文字融进我的身心,融入我的生命。慢慢地,我不只是简单地熟练背诵,还能理解诗词中蕴含的深意。"

到了 2015 年,外卖行业兴起。34 岁的雷海来到杭州,开始全职送外卖。为什么选择到杭州?他说:"自己喜欢到杭州谋生,是因为小时候父亲教自己背诵过南宋诗人林升的《题临安邸》:'山外青山楼外楼,西湖歌舞几时休?暖风熏得游人醉,直把杭州作汴州。'杭州风景秀美、人文底蕴深厚,文化活动多,很适合自己这样的文艺青年,可以经常参加汉服活动、音乐会、猜灯谜、诗词交流等。"

不管走到哪里,雷海热爱诗词的心从未改变。他经常去书店读诗词、背诗词,即使是等外卖的零碎时间,也用来读书、背诗词。他说:"送外卖是谋生的手段,诗词却是我最大的爱好,是我生活的重点。"

2018 年 4 月 4 日,37 岁的雷海在《中国诗词大会》第三季总决赛中夺冠,成为这档节目的最大黑马。从"外卖哥"到《中国诗词大会》总冠军,这两种身份的巨大反差,让他成为公众关注的焦点。主持人董卿为他点赞:"你在读书上花的任何时间,都会在某一个时刻给你回报。我觉得你所有在日晒雨淋,在风吹雨打当中的奔波和辛苦,你所有偷偷地躲在书店里背下的诗词,在这一刻都绽放出了格外夺目的光彩。""你不仅战胜了所有对手,更战胜了你自己,战胜了生活!你是一位生活的强者!"

雷海则说:"在很多人眼里,诗词阅读是不实用的,但这种非功利性是很美好的。"他引用《中国诗词大会》嘉宾郦波的一句话说:"无用之用，方为大用。我们不能抱着功利性目的去阅读，期望通过阅读得到什么。有时候，这些看起来似乎没有什么实用价值的阅读，在人生当中一个偶然的机会，令我绽放出光彩。"

雷海在强大压力面前，淡定自若；在得意或失意时，寄情于诗词，宠辱不惊。他说，李白、杜甫、白居易、李商隐、苏东坡、刘禹锡……他们的诗词，他们的性格，也深深地影响着自己。比如苏东坡，"从黄州到惠州，从惠州到儋州，一路被贬，颠沛流离。不管被贬到哪里，苏东坡都能以乐观向上的心态积极面对，从被贬的苦闷中寻找乐趣。这种豁达的态度，值得我们学习。"

如今，雷海已不再骑着摩托车每天送 12 小时外卖了，而是被公司调到文化宣传部门，成为"宣传大使"。除了接受媒体采访，他还有机会参加各种文化活动，比如出席《朗读者》开播发布会，担任朗读大使，随《中国诗词大会》栏目组走进重庆奉节，与智能作诗词机器人"AI 李白"对战，等等。但不管身份和生活如何改变，他"热爱诗词"这个最重要的标签一直没有变。

现在，雷海能背诵的诗词，已从夺冠时的 800 首增长为 1083 首。同时，他的阅读领域变得更宽广，在其阅读的书单中，还包括王力的《汉语语音史》这样的"大家小书"。他说："活到老学到老，还有好多诗词需要背诵。最重要的是，从诗词中不仅能学到丰富的文化知识，还可以用古人优秀的精神品质来激励自己。我成为总冠军，对我来说只是一个偶然。"

很多人说："雷海太幸运了。"请问：什么是幸运？幸运，就是当你准备好了的时候，机会来了；幸运，就是一直在努力。其实，越努力的人，就会越幸运。

下笨功夫练真功夫

《曾国藩传》中记载了他小时候的一件趣事。

一天夜里，曾国藩在家中背范仲淹的《岳阳楼记》，可两个小时过去了，还是背不下来。房梁上想等他睡着后再下手的小偷忍无可忍，跳了下来，站在曾国藩的面前，一口气背完了《岳阳楼记》，随后扬长而去。

尽管曾国藩小时候比较笨，但却锻炼出了下笨功夫练真功夫的品质。他参加科举考试，九年后才考中秀才，但是一旦开窍之后，后面的路就越走越顺。他中了秀才的第二年，就中了举人；四年后，又高中进士。他总结自己的经验时说："天下之至拙，能胜天下之至巧。""能吃天下第一等苦，乃能做天下第一等人。"

在中国诗词大会上，击败北大硕士成为年度冠军的是外卖小哥雷海为。记者问雷海为："你每天的作息时间是怎样的啊？哪有时间看诗词呢？"他笑答："不管工作和生活多么忙碌，时间挤一挤还是有的。送外卖其实有很多碎片化的时间，这些时间用来背诗词是比较合适的，比如在商家等餐，在路上等红灯，回到住处换电瓶、午休等。"原来，他下了13年的笨功夫，终于练成了诗词界的"扫地僧"。

胡适说："这个世界聪明人太多，肯下笨功夫的人太少，所以成功者只是少数人。"

钱穆说："古往今来有大成就者，诀窍无他，都是能人肯下笨劲。"

钱钟书的治学心得是："越是聪明人，越要懂得下笨功夫。"

二月河在回答记者关于"成功的秘诀"时说："我写小说基本上是个力气活，不信你试试，一天写上十几个小时，一写二十年，怎么着也得弄点东西出来。"

有人问严歌苓："你最欣赏一个人拥有什么样的品质？"她答："聪明，但是肯下笨功夫。""从来没有什么天才，聪明人都肯下笨功夫。"

刘震云在接受采访时说："在我看来，重复的事情不停地做，你就是专家；做重复的事特别专注，你就是大家。就这么简单。""大师都是很笨的人。只有很笨的人才肯下苦功，才会坚持不懈登上顶峰，才会十年磨一剑，一剑号江湖。在愚蠢的道路上继续努力吧！"

明朝洪应明在《菜根谭》中概括得好："文以拙进，道以拙成，一拙字有无限意味。"意思是，不论写文章或做学问都要用朴实的方法才有进步，尤其是修养品德必须抱着朴实的态度才有成就，可见"拙"字含有无穷的意义和趣味。

下笨功夫练真功夫的人，才是真正的聪明人。

1.35 米的篮球明星

1986 年，加哈曼尼·斯旺森出生于美国。因为母亲是侏儒症患者，他的身材很矮。小时候，父亲因吸毒而被关进了监狱，他只能和母亲相依为命。

加哈曼尼·斯旺森身材矮小，家境不好，经常遭到一些人的嘲笑和歧视。可是，他没有自卑，没有自暴自弃，没有失去对生活的信心。他怀有一个被别人视为天方夜谭的梦想：将来做个职业篮球运动员。他回忆说："我是看着迈克尔·乔丹长大的，是他的忠实粉丝。从两岁开始，我最喜欢的玩具就是篮球。我会抱着篮球睡觉，而不是泰迪熊。""学会了走路，我也学会了拍球。虽然个子矮，但我整天都在街头和个子比我高很多的人一起打球。有时候，我会忘了时间，一直玩到深夜 12 点。这时，妈妈就会出来阻止我，因为我拍球的声音影响了别人休息。"

长大后的加哈曼尼·斯旺森，身高只有 1.35 米，体重只有48 公斤。起初，他去球场的时候，很多人不愿意和他一起打球。但是，在他的字典里从来就没有"放弃"这个词。为了实现成为职业篮球运动员的梦想，他每天都早早地起床刻苦训练。他经常在推特上发出这样的信息：“我准备去海滩跑步了，再投 300 个球，有想一起去的朋友吗？”

功夫不负苦心人，加哈曼尼·斯旺森通过持之以恒的努力，练就了一身高超的球技。他的篮球技术全面，胯下运球娴熟，加速突破迅猛，裆下过人巧妙，外线投篮精准，快攻打板助攻队友暴扣，还有凶狠到位的防守，等等。因此，他被誉为“袖珍人中的乔丹”。他的精湛球技令人折服，也改变了所有人的偏见，得到了普遍的认可。许多球迷特意从远方赶来看他的比赛。他的出色表现，经常赢得在场所有人的阵阵喝彩。

现在，加哈曼尼·斯旺森早已实现了自己的梦想，成为“纽约塔”职业篮球队的主力队员。很多大牌体坛巨星都是他的球迷，比如贝克汉姆、奥多姆和林书豪等。他自信地说：“在赛场上，不管面对比我高多少的人，我都有办法、有能力击败他们。篮球让我找到了存在的价值，还让我养活了自己。个子小不等于弱小，就像球迷们说的：我是‘篮球打得最好的小个子，是袖珍乔丹’。”

各种媒体盛赞加哈曼尼·斯旺森，称其是“史上最励志的1.35 米的篮球明星”。他却谦虚地对媒体记者说：“其实，我们每个人心里都有一束光，可以照亮我们的勇气、力量和决心，让我们克服内心的恐惧，释放生命的潜能。我的故事，正是如此。”

把一件事做到极致

约瑟夫·雷杜德是出生在比利时、长期居住在法国的著名画家。他一生主要专攻一件事——画玫瑰。整整 20 年，他以独特的绘画风格记录了 170 种玫瑰的姿容，绘成了《玫瑰图谱》。此后，世界各国以各种语言和版本出版了 200 多种《玫瑰图谱》，几乎每年都有新的版本出版。他被誉为"玫瑰大师""玫瑰绘画之父""花卉画中的拉斐尔"。画界评论说："他只做了一件事——画玫瑰，但他的玫瑰成为巅峰，无人能够逾越。"

鲁契亚诺·帕瓦罗蒂是世界著名三大男高音之一。他在师范学校读书时，既向往将来当教师，又迷恋当歌唱家，哪个也不舍得放弃。他的父亲告诉他："如果你想同时坐在两把椅子上，很可能会从椅子中间掉下去。"他终有所悟，选择了用一生做个歌唱家。

沃伦·巴菲特是伯克希尔－哈撒韦公司的 CEO，是 2008 年的世界首富，被誉为"股神"。他对成功的看法有一句名言："每个人终其一生，只需要专注做好一件事就可以了。"

比尔·盖茨是企业家、慈善家，是微软公司的创始人。他连续 13 年被《福布斯》杂志评为全球富翁榜首富，连续 20 年被《福布斯》杂志评为美国富翁榜首富。他在谈到自己成功经验时说："我不比别人聪明多少，我之所以走到了其他人的前面，不过是我认准了一生只做一件事，并且把这件事做得更完美而已。"

北京协和医院泰斗林巧稚一生未婚未育，只做了一件事——行医看病。她接生了 6 万个孩子，她说："只要我一息尚存，我存在的场所便是病房，存在的价值便是医治病人。"

朱光亚院士是中国核科学事业的主要开拓者之一，是中国首枚原子弹研制的技术总负责人，是"两弹一星"功勋奖章的荣获者，是中国核武器研究领域公认的"众帅之帅"。他说："我这一辈子主要做的就这一件事——搞中国的核武器。"

陈省身教授既是一位伟大的数学家，又是一位伟大的活动家，被誉为现代微分几何之父。他多次对人说，自己只会做一件事，就是研究数学。自己爱数学，有一个原因，就是：数学简单，只要一张白纸和一支笔就行。他要求自己："一生只做一件事，一生做好一件事。"

作家、慈善家郑渊洁说："我三十多年只写童话，到头来发现专注做好一件你最喜欢的事，收获的绝不是一棵树，而是整座森林。我的经历给那些没有机会上大学的人特别是年轻人以信心，让他们不气馁。条条道路通罗马，坚持你的梦想，持续为之努力，你就能获得成功，而那些嘲笑和挫折，也是一种财富。"

只要从一件事做起，持之以恒地做好一件事，做强一件事，做精一件事，就一定能有所作为，有所贡献，有所成就。

所谓成功，就是把一件事做到极致。

画15分钟的肖像值多少钱

在法国南部度假胜地尼斯一个小镇的早晨，美国妇女米切尔在露天市场购物时发现，一位老人与赫赫有名的画家巴布罗·毕加索长得一模一样。她仔细端详老人许久，很有把握地确认：不会看错。这个老人就是自己心中的偶像——伟大的画家毕加索。

米切尔有些激动，用颤抖的声音问："打扰了，请问，您是毕加索先生吗？"

"是的。"毕加索礼貌地回答。

米切尔兴奋地说："我没有打扰您的意思，先生。我是您最忠实的崇拜者之一，您能不能用十几分钟为我画一张肖像？我情愿付钱，付多少钱我都情愿。"

毕加索向后退了几步，微笑地看了米切尔一会儿，然后高兴地回答："好，我马上画。"

随后，毕加索拿出随身携带的笔和纸就全神贯注地画了起来。15分钟之后，他将刚画完的肖像给了米切尔。

米切尔看后由衷地赞美道："太好了！太像了！很真实的我！真正的毕加索风格！"

然后，米切尔打开钱包，一边取支票本，一边问："我应付多少钱？"

"5000 美元。"毕加索很认真地回答。

米切尔很吃惊，情不自禁地说："5000 美元？太多了吧？先生，您画这张肖像才只用了 15 分钟啊！"

毕加索十分和气地回答："夫人，这就是您不明白了。每个人都可以画 15 分钟，也值不了几个钱，但用这么短的时间能画到我这样水平的人，就微乎其微了。这张肖像凝聚着我 80 多年的心血，所以当下最少值 5000 美元，将来会更加值钱。"

米切尔开心地笑了，心悦诚服地付了钱。

毕加索从 9 岁开始作画，直到 92 岁，是举世公认的 20 世纪最有影响力的艺术家。岁月已经证明，他的画作的确很值钱，而且越来越值钱。他的画作，无论是质量、数量，还是品牌价值、收藏价值，都达到了惊人的程度。在全世界最贵的 10 幅画作中，他的画作占据了 4 个席位。他的油画《阿尔及尔女人》，在纽约佳士得"展望过去"夜场拍卖中，以 1.79 亿美元（折合人民币约 11.12 亿元）成交，创下了艺术品拍卖成交价的最高纪录。

经常有人问："毕加索的画作为什么这么值钱？"有这样一个回答："如果说做人最值钱的两个字是善良，那么做事最值钱的两个字是极致，即坚持用一生把一件事做到极致。"

农民工砌墙专家

1996 年 3 月，年仅 20 岁的宋斌继离开了家乡，步入了社会。他跟着小建筑队，过了 3 年到处"打游击"的日子。

1999 年，宋斌继进入了威海建设集团建圆施工有限公司，成为了一名建筑工人。尽管工作条件不好，风吹日晒，很辛苦，但他毫无怨言，十分热情。他每次看到砌墙师傅抹得光滑平整的墙面，都会情不自禁地欣赏，脸上一副羡慕、敬佩的表情。他拜身边的能工巧匠为师，如饥似渴地学习技术。他日复一日地苦练，成了工地上出类拔萃的一把好手。他干的活儿，速度快，质量好，人见人夸。

2006 年，宋斌继凭借过硬的技术，成为公司的瓦工班班长。他当班长后，最想做的事情就是把全班带好，把他的手艺传给更多的人。他带的班，在威海市第二热电厂主控车间施工时，在抢进度的关键时期，偏偏赶上了阴雨不断。有的工友有情绪，不愿意冒雨施工。可他想，合同的期限快到了，如果完不成任务，必将给公司带来无法挽回的损失。他明白，身教重于言教。他二话没说，带头干了起来，脸上的汗水和着泥水滴滴答答地往下掉。

突然，一名工友大喊："学着班长的样儿，干！"就这样，全班在他的带领下，按时完成了工程任务。

2006 年 9 月 16 日，宋斌继经过层层选拔，代表山东省参加了全国建筑业职业技能大赛。经过 30% 理论和 70% 技能的两项测评，他在众多技术能手中脱颖而出，一举夺得镶贴工比赛金奖。

宋斌继在荣誉面前，没有自满，对自己的要求越来越高。他将自己的技术毫无保留地传授给工友和徒弟，使班里形成了"互帮互助互学、比学赶帮超"的良好氛围。在他的带领下，全班多次荣获各项竞赛活动的优胜，为公司的发展做出了贡献。

随着宋斌继参加的威海重点民生工程的建设项目越来越多，得到的荣誉也越来越多。他本人先后获得"威海市建筑行业技术能手""山东省建筑行业技术能手""山东省建筑行业技术标兵""齐鲁金牌职工""全国建筑行业技术能手""全国技术状元"等荣誉称号。

2008 年 11 月，宋斌继被全国农民工联合会议办公室、人力资源劳动与社会保障部联合授予"全国优秀农民工"称号。

2015 年，为发展我国建筑事业做出突出贡献的农民工砌墙专家宋斌继，受到了国务院的表彰，成为享受国务院特殊津贴奖励队伍中的一员。

农民工砌墙专家宋斌继的事迹可以告诉世人：收获精彩人生的绝活，就是把本职工作做到极致。